Oeil pour oeil

Stéphane FLORENT

Oeil pour oeil
Policier

© 2025 Stéphane FLORENT

Édition : BoD · Books on Demand, 31 avenue Saint-Rémy, 57600 Forbach, bod@bod.fr

Impression : Libri Plureos GmbH, Friedensallee 273, 22763 Hamburg (Allemagne)

Impression à la demande
ISBN : 978-2-3225-7136-9
Dépôt Légal : mars 2025

Mardi 20 décembre

Une heure du matin, la fin de son « trois-huit » ; un homme usé par une activité manuelle trop dure et trop longue pour ses articulations, marchait laborieusement dans une zone industrielle de la banlieue nord de Paris tristement réputée pour la violence qui semblerait y régner. Un 9 et sa racine carré pour désigner le département le plus pauvre de France. Mais ce manutentionnaire se fichait bien de l'image du 93, lui ce qu'il attendait c'était les prochaines vacances dans un mois et demi. C'était ce à quoi il pensait en regardant machinalement l'usine désaffectée qu'il longeait. Cela faisait des années que l'entreprise de chaudronnerie avait mis la clé sous la porte à cause d'une concurrence étrangère trop impitoyable.

S'il avait été plus attentif notre homme aurait peut-être entendu un cri sourd venant de cette usine.

Un cri de rage, d'humiliation et peut-être aussi de peur provenant d'une cuve, elle même située dans une salle gigantesque contenant des dizaines de cuves semblables.

L'auteur de ce cri s'était éveillé il y a déjà plusieurs minutes, les jambes engourdies, les épaules perclues de douleurs par la position inconfortable que l'étroitesse de l'espace dans lequel il était prisonnier l'obligeait à tenir. Cela ne serait rien sans cette douleur insupportable à la nuque causée par le coup que son agresseur lui avait donné par derrière.

Et ce qui n'arrangeait rien, c'était cette odeur entêtante de produits chimiques qui enduisaient auparavant les parois de la cuve.

A part un vague goût métallique dans la bouche, ses sens ne captaient rien : ni son ni lumière.

Il essaya de se raisonner : où pouvait-il être ? Il se tut et contrôla sa respiration pour tenter de capter un bruit qui pourrait le mettre sur la piste. Rien, il n'entendait absolument rien !

Il se tourna difficilement en tout sens malgré les aiguilles de douleurs que cela occasionnait dans tout son corps pour tenter de trouver un petit filet de lumière lui donnant un indice. Rien, il ne voyait absolument rien à tel point qu'il se demanda s'il n'était pas aveugle car lorsqu'il fît bouger sa main devant ses yeux, il ne la vit pas.

Que lui était-il arrivé ? Ce soir là, il était rentré chez lui assez tôt. Après une bonne douche, il avait passé la soirée devant la télé avec une pizza et un bon verre de whisky. Alors qu'il somnolait en écoutant vaguement la fin du film, il entendit le bruit de pas feutrés derrière lui et avant même qu'il n'ai eu le temps de réagir, un tissu imbibé de chloroforme lui avait coupé la respiration, il avait tenté de se relever, mais il avait rapidement sombré et perdu connaissance. Impossible de savoir combien de temps il était resté inconscient. Cependant, une envie d'uriner se précisait de plus en plus et il avait terriblement soif. Il se dit donc que cela faisait plusieurs heures déjà que l'agression avait eu lieu. On devait donc être dans la nuit ce qui expliquait peut-être le silence et l'absence de lumière. Espérons le....

Mardi 13 Septembre

Cigarette à la bouche, des valises sous les yeux, le commissaire Gommier se dirigeait péniblement vers le commissariat de Bobigny. La bâtisse, située dans le centre administratif de la Préfecture de la Seine-Saint-Denis est une construction originale des années soixantes-dix où béton, grandes verrières aux structures bleues et briquettes s'entremêlent. Pas très loin de là, un petit écrin de verdure avec le Parc de la Bergère permet aux habitants de respirer un peu et d'échapper au beton omniprésent. Le canal de l'Ourcq, qui rejoint la capitale et les communes agricoles de Seine et Marne coupe à cet endroit le département en deux. D'un côté les « bobos » parisiens installés depuis la réhabilitation de certains quartiers il y a une quinzaine d'années et juste à côté, les anciens HLM avec leurs ascenseurs régulièrement en panne abritant toujours la classe ouvrière du Nord-est de Paris. Ces deux populations, que rien ne réunit, ne se mélangent pas mais co-habitent chacune de leur côté en évitant soigneusement de se croiser. Les supermarchés bon marché pour les uns et les magasins bio pour les autres. Les écoles publiques pour les uns et celles privées pour les autres.

Le commissaire de la Brigade Criminelle de Seine Saint Denis, la soixantaine passée, semblait porter un fardeau trop difficile à assumer et l'alcool solitaire nocturne ne l'aida pas lorsqu'il dût, comme aujourd'hui, franchir le seuil du commissariat à 8 heures.

- Commissaire ! On est attendu sur une scène de crime. Pas le temps de prendre le café ce matin !

La jeune lieutenant attendait avec impatience son supérieur hiérarchique. La queue de cheval auburn de la jeune femme se balançait nerveusement sur une veste en jean élimée. Tout dans son corps svelte mais musclé trahissait l'impatience. Son visage émascié par une pratique assidue de la course à pied montrait ses muscles zygomatiques se contracter à mesure que la contrariété montait chez la jeune fliquette.

Patrick grommela qu'un macchabée peut toujours attendre que le commissaire prenne son café.

- Je t'ai déjà dit de m'appeler Patrick ou papa. Ce n'est pas comme si tout le monde ne savait pas que tu étais ma fille Paula ! Viens avec moi dans mon bureau pour que tu m'expliques ce qu'il en est pendant que je prends mon café.

Paula se décomposa : elle avait horreur de rappeler à ses collègues qu'elle était sa fille. Elle n'avait bénéficié d'aucun passe-droit et aurait volontiers travaillé dans un autre commissariat. Malheureusement ce n'était pas l'avis de sa hiérarchie.

Elle suivit docilement son père jusqu'à son bureau.

- A sept heures, un homme, en se rendant à son travail, a aperçu un corps dans le canal au niveau d'Aubervilliers. Il nous a prévenu et la police fluviale a rapidement récupéré un homme. Il est évidemment mort et nous sommes attendus avec impatience. Les papiers d'identité qu'il avait sur lui, bien que trempé par la baignade, nous ont appris qu'il s'appellait Michel Delbof, quarante-quatre ans résidant à Saint Denis. Le médecin légiste est déjà sur place.

- La matinée commence bien... Pars devant avec Faudel, je vous rejoins dans un quart d'heure.

Vingt minutes plus tard, Paula et Faudel, son collègue depuis son intégration dans la police il y a maintenant deux ans, écoutèrent attentivement le premier compte rendu du médecin légiste.

- Vu sa rigidité cadavérique, notre macchabée est mort il y a plus de 8 heures. A mon avis, pas de noyade. Regardez son visage !

Faudel sentit son petit-déjeuner remonter dangereusement le long de son oesophage: l'homme n'avait plus d'oeil. Sa jeune expérience ne l'avait pas encore préparé à la barbarie de certains meurtriers. Il regarda sa collègue qui ne semblait pas plus impressionnée que cela. Décidément, il était de plus en plus admiratif. Elle avait un sacré caractère loin de la "fille à papa" que tout le monde pensait voir arriver au commissariat.

- L'homme n'a pas été uniquement énucléé, regardez ses oreilles, elles ont des marques de brûlures

De sa main gantée, le petit médecin en blouse blanche tourna délicatement la tête de l'homme d'une quarantaine d'années afin de dévoiler une oreille mutilée.

- Voilà le commissaire, je vous laisse le soin d'expliquer ce que nous venons de voir ensemble, moi je vais préparer le rapatriment du corps pour l'autopsie.

Patrick observa d'un regard morne le corps de la victime. Il jeta un oeil au alentour pour vérifier qu'aucun individu louche n'était dans le coin; parfois les coupables se plaisent à rester lors de la découverte de leur oeuvre surtout des tarés capables de mutiler un corps.

- Paula, je te laisse organiser les fouilles autour du canal. Par la même occasion, avec Faudel, vous irez interroger les habitants du coin au cas où quelqu'un aurait des informations intéressantes et évidemment celui qui a trouvé le corps.

- Très bien commissaire. Et vous ?

- Moi, je sais ce que j'ai à faire; la paperasse !

Un petit roupillon surtout vu ta gueule de déterrée papa, ne put s'empêcher de penser sa fille.

Faudel observa le visage de sa collègue dont le regard passa de son père avec un sentiment de dégoût à la victime sur lequel elle s'attarda un moment. Un voile de curiosité teinta sa rétine. Faudel suivit le regard de Paula et tomba sur la poche du jean de la victime. Un petit bout de papier plastifié dépassait. Elle s'en rapprocha, s'assura qu'elle avait toujours ses gants en latex, et le retira délicatement. Faudel et Paula découvrirent un motif imprimé sur une feuille A5 qui ne semblait rien représenter de particulier. On y voyait des pixels de différentes couleurs recouvrir cette feuille.

- Tu y comprends quelque chose Faudel ?

- Non, ça ne ressemble à rien pour moi...peut-être si on le regarde de loin ?

Paula s'éloigna un peu et lui montra la page.

- Non, toujours pas.
- Bon, gardons le pour essayer d'y relever des empruntes même si cela serait surprenant. On le scannera également, peut-être que Google nous apportera une signification.

Paula alla voir le jeune homme qui, revenant d'une soirée, avait découvert le corps de la victime et lui donna rendez-vous au commissariat à midi.

Après avoir passé ses consignes aux policiers pour organiser le ratissage d'un périmètre de cent mètres de long sur cinquante de large autour du lieu de la découverte macabre, Paula et Faudel pressèrent le pas vers les habitations alentours. Les usines désaffectées alternaient quelques bâtiments où des entreprises de transport et de sidérurgie tentaient encore de survivre dans ce département en pleine mutation. Il y a une trentaine d'années, l'industrie y était encore florissante mais aujourd'hui, avec la mondialisation et la crise économique de ce début de millénaire, les usines ont petit à petit fermées et été laissées à l'abandon. Aujourd'hui, avec le manque de logements et les prix qui explosent à Paris, de beaux quartiers résidentiels remplacent les zones industrielles.

Evidemment, le meurtrier n'était pas stupide puisque le corps a été retrouvé loin de ses nouveaux lieux d'habitations. Malgré tout, nos deux jeunes inspecteurs trouvèrent quelques ouvriers à interroger.

A part un véhicule bleu de marque indéfini, peut-être une Renault Scenic, qui se serait garée quelques minutes vers minuit, personne n'avait rien à dire à nos flics.

A midi, Faudel et Paula arrêtèrent les fouilles alentours qui n'avaient rien apporté de plus à part des marques de pneus dans la boue près du canal prouvant qu'un véhicule s'était garé dernièrement.

- Espérons que le légiste ai quelque chose à nous mettre sous la dent car, dans le cas contraire, l'enquête commence mal.

- Espérons le Faudel, on sera fixé demain matin. Rendez-vous à la morgue à neuf heures. Pour le moment, on rentre au commissariat pour interroger notre jeune suspect.

- Pourquoi suspect, il a juste découvert le corps. Ce n'est pas parce qu'il est maghrébin qu'il est coupable.

- Evidemment que non, mais c'est le dernier a avoir vu la victime avant nous ce qui en fait un suspect.

Paula observa son collègue tunisien avec circonspection. Elle appréciait son tempérament souvent enjoué et sa discrétion. Physiquement, il était plutôt pas mal : un boxeur poids léger aux muscles secs et saillants et un visage au nez cassé par sa pratique sportive mais plutôt joli autrement. Par contre, elle ne supportait pas qu'il victimise trop souvent les maghrébins sous prétexte de leur origine.

- Nom, prénom, âge, profession.

Paula, regard concentré sur l'écran de son ordinateur, fit virevolter ses doigts sur le clavier afin de saisir les informations du jeune Mehdi.

- Qu'est ce que vous faisiez à 7h du matin le long du canal ?
- J'rentrai de soirée. J'ai pas le droit ?!
- Si bien sûr, vous étiez accompagné ?
- Mon pote, Mikael était avec moi jusqu'à l'avenue Général Leclerc pour prendre le RER. Il habite paname.
- Donc, si je l'appelle il pourra confirmer ?
- Bien sûr ! Vous croyez que c'est moi le tordu qui a tué ce mec ? Eh mais moi, j'y suis pour rien !
- Calmez-vous, ce ne sont que des questions de routine.
- Vous n'avez rien vu ou entendu de bizarre en rentrant chez vous ?
- A part ce macchabée, rien non.

L'interrogatoire ne dura pas très longtemps, Paula sentait bien qu'elle perdait son temps. Après lui avoir tendu sa carte professionnelle au cas où il se rappelerai de quelque chose, le jeune homme pu rentrer chez lui.

Faudel grimpa sur son vélo direction Drancy. La dizaine de minutes de sport le long du canal principalement, l'aidait à couper sa vie professionnelle de sa vie privée. Pourtant, il ne pouvait s'empêcher de penser à Paula et son père. Leurs relations étaient vraiment particulières. Paula était toujours très sarcastique vis à vis du commissaire et en même temps respectueuse. Quand à Patrick, il s'enfermait dans son rôle de commissaire bourru qui n'attendait que la retraite pour s'adonner à son activité favorite: la consommation de whisky. D'après ce qu'on lui en avait dit, à la mort de sa femme il y a une dizaine d'années, il s'était désintéressé de son métier et avait plongé progressivement dans l'alcool. On pouvait aisément comprendre que les relations avec sa fille soient tendues et en même temps ce drame aurait également pu les rapprocher.

Voici où en étaient ses réflexions lorsque Faudel gara son vélo dans la cave de son immeuble avant de rejoindre son petit studio de célibataire.

Au même moment, Paula chaussait ses baskets de son appartement de Pantin qu'elle avait rejoint avec sa twingo quelques minutes plus tôt. Elle allait enfin pouvoir s'adonner à son activité favorite qu'était la course à pied. Pendant que son père s'enfermait dans son addiction à l'alcool, elle avait préféré le running. Des écouteurs dans les oreilles, la jeune inspectrice rejoignit à bonne allure ce fameux canal de l'Ourcq en direction de Meaux pour s'oxygéner les poumons vers Tremblay en France et parfois même Claye Souilly lorsque son passé lui pesait trop lourd.

- Putain de Seine-Saint-Denis, même pas d'Institut Médicaux Légal, il faut aller chez nos voisins bourgeois de Garches pour se faire disséquer !

Paula pestait dans la vieille mégane de son père qui, une fois de plus, était arrivé avec plus d'une demi-heure de retard au commissariat. Les trois policiers pestèrent en silence face aux embouteillages sur les routes surchargées de la région parisienne qui allongeaient considérablement le temps passé en voiture.

L'hôpital Raymond Poincaré, un vieux bâtiment de 1936, en impose avec son bâtiment principal encadré de deux bâtiments annexes. Les colonnades pourraient nous faire penser à une construction du dix-neuvième siècle. Nos deux jeunes flics séquano-dyonisiens accompagnés du commissaire ne se sentaient pas vraiment à l'aise en arrivant. Ils furent dirigés par une blouse blanche vers l'IML situé un peu à l'écart tel un pestiféré et pour cause puisque c'est le seul endroit à accueillir les morts assassinés. Arrivés dans une pièce blanche, bien propre en raison de l'asepsie qui doit y régner, avec une grande table en inox au milieu prête à accueillir un cadavre, le médecin légiste les accueillirent aussi chaleureusement que possible dans ce lieu particulier. La cinquantaine, cette blouse blanche, bien que ne s'occupant que de morts, semblait animé d'une énergie incroyable qui tranchait avec ses cheveux grisonnants et les cernes qui soutenaient ses yeux vifs. Occupé à récurer de grands bacs en inox servant à accueillir les multiples organes et notamment l'intestin grêle mesurant parfois plus de cinq mètres, il essuyait prestement ses mains pour serrer chaleureusement celles de nos deux inspecteurs et plus froidement celui de leur supérieur. Notre drôle de médecin était parfaitement à l'aise tandis que Paula et Faudel avaient du mal à cacher leur dégoût provoqué notamment par l'odeur pestilentielle qui y régnait. Quant à Patrick rien ne semblait le perturber ni même réellement l'intéresser.

- Les brûlures ont été provoqué par de l'acide fluorhydrique. Cet acide a un fort pouvoir nécrosant et vu les quantités retrouvées dans ses yeux et oreilles, elles ont sans doute provoqué la mort du patient par arrêt cardiaque.

- Et où peut-on trouver ce type de produit ? demanda Paula

- Ce sont des acides utilisés par les dentistes pour la préparation et le décapage des céramiques. Mais il est également utilisé pour le nettoyage de toutes les surfaces en aluminium ou acier inoxydable. De plus, on peut se le procurer sur le net facilement. Mais avant cette mise à mort, notre victime à sans doute été frappé à la nuque par un objet contondant comme une barre de fer par exemple. Regardez l'hématome au niveau de la région occipital de son crâne. Cela a dû lui faire perdre connaissance.

- Ok doc, merci pour ses précieuses informations.

Paula et Faudel sortirent de la morgue avec des pensées plutôt mitigées. Le médecin leur avait donné quelques informations mais rien de solide pour orienter sérieusement l'enquête. Le commissaire d'humeur plutôt massacrante du fait d'avoir dû se lever tôt interrompit les réflexions de ses subalternes en leur intimant l'ordre d'aller interroger les dentistes autour de Saint Denis et Aubervilliers. Paula fusilla du regard son père en protestant que ce travail fastidieux allait sans aucun doute rien donné puisque l'on peut facilement se procurer l'acide fluorhydrique sur internet.

- Il ne faut négliger aucune piste Paula et de toute façon tu n'es pas payée pour contester l'ordre de ton supérieur. Tu es la première à ne pas vouloir que je te considère comme ma fille au travail et là tu réagis comme une fillette en pleine crise d'adolescence.

Paula ne répondit rien, mais son regard noir chargé d'une haine à peine contenue fit froid dans le dos à Faudel, gêné d'assister à cette scène de famille.

- Il doit y avoir une bonne dizaine de dentistes rien que sur Saint Denis ! C'est incroyable, ce métier est vraiment en plein essor !

- Le sucre, toujours plus de sucre jusque sur les tétines des nourissons pour les calmer. Ensuite, à l'école primaire, les gamins vont fièrement à la boulangerie acheter des bonbons avec leur pièces de 1 ou 2 euros que leur parent leur ont donné en argent de poche. J'ai même vu une gamine acheter le pain et pour 6 euros de bonbons avec la carte bleue de sa mère !

- En tout cas, cela va nous occuper un bon moment d'aller leur rendre une petite visite. Et pendant ce temps, notre cher commissaire doit faire sa sieste dans son bureau ! Ce qui me tue c'est que cela ne fera pas avancer l'enquête.

Faudel ne releva pas la remarque acerbe contre le père de Paula, et pris le téléphone pour prendre rendez-vous avec chacun des dentistes.

- Utilisez-vous de l'acide fluorhydrique ?
- Oui, bien sûr, comme tous mes collègues. Pourquoi cette question ?
- Je vous l'ai dit, nous enquêtons sur un meurtre qui a eu lieu dans le coin. Je ne peux pas vous en dire plus.
- Evidemment, le secret professionnel. Je comprends...
- Où vous procurez vous cet acide ?
- J'ai un fournisseur. Ma secrétaire vous donnera ses coordonnées si vous le souhaitez.

- Où étiez vous la nuit du lundi au mardi 13 septembre ?

- D'après vous ! Je dormais chez moi, au 13 rue Manin, Paris 19ème avec mon épouse et mes deux enfants. Vous commencez à m'ennuyer avec vos questions. J'ai l'impression d'être le suspect numéro 1 !

- Non, rassurez-vous, nous posons ces mêmes questions de routine à tous vos collègues. D'ailleurs, nous en avons terminé. Merci pour votre collaboration.

Trois jours ! Il aura fallu toute cette fin de semaine pour interroger ces dentistes, plus ou moins conciliants, souvent prétentieux et imbuvables. Et pour quoi ? Rien, nada ! Pas l'once d'un début d'indice !

Paula rageait de ne parvenir à aucun résultat. Et, évidemment, son père, avec son air condescendant, avait décrété une réunion ce vendredi 16h pour faire le point sur les avancés de l'enquête.

- Voilà, commissaire, nos recherches ne nous ont malheureusement pas apporté beaucoup d'indices mais la semaine prochaine nous étudierons le passé de la victime.

- Ce ne sera pas nécessaire Paula, j'avais déjà missionné Arthur pour cela. Peux-tu nous dire ce que tu as trouvé sur notre macchabée ?

- Il s'appelle Michel Delbof, 44 ans. Il habite dans un appartement de la rue Simon à Saint-Denis. Son métier est conducteur de bus scolaire à Saint Denis. Le commissaire et moi avons rencontré sa femme et sa fille de onze ans. Ils ont semblé tristes évidemment. Mais, en même temps, un peu soulagées. La fille n'a pas pipé un mot mais n'a pas pleuré non plus. Du coup, on a consulté les services sociaux qui nous ont expliqué que le père relevait d'une enquête sociale avec suspicion de violence et peut-être abus sexuels sur la mère et la fille.

- Bravo Arthur, bon travail ! Continue à creuser dans l'entourage de ce Michel, peut-être trouverons nous quelqu'un qui aurait pu s'en prendre à lui pour protéger la mère et la fille. Quant à vous, Paula et Faudel, essayez de voir si les empruntes de pneu pourraient mener quelque part...

Faudel observait sa partenaire depuis un moment. Il l'avait vu blêmir de plus en plus. Evidemment, la piste d'Arthur était bien plus probante que la leur et Paula ne pouvait pas supporter cet arriviste toujours prêt à cirer les bottes du commissaire. De plus, Paula n'a pas dû digérer le fait que son père l'avait obligé à creuser la piste du dentiste qui était évidemment une impasse.

Elle se reprit et, pour avoir le dernier mot, précisa que le papier plastifié ne présentait pas d'empreinte et que l'image scannée n'avait rien donné sur internet. Par contre, il était évident, selon elle, que ce papier appartenait au meurtrier qui a voulu sans doute signer son meurtre. Cela signifierait que ce ne sera sans doute pas le dernier assassinat.

- Hum, pure spéculation Paula mais pourquoi pas...

La réunion se termina donc sur ces bonnes paroles du commissaire qui renforcèrent le feu qui avait déjà embrasé les pupilles de notre jeune inspectrice.

Te focaliser sur le balancier de tes bras, suivre le rythme de ton souffle, te concentrer sur le contact au sol de tes appuis pour le réduire le plus possible. Et surtout, surtout, ne plus penser à papa et ce fils de p.... d'Arthur ! ... Calme toi, tes bras, ton souffle, tes appuis.

Paula courait déjà depuis plus d'une heure et elle n'avait toujours pas fait demi-tour pour rentrer chez elle. Elle allait le payer cher d'ici une petite heure quand elle commencera à manquer d'énergie et qu'il faudra encore parcourir une dizaine de kilomètres mais elle aimait se mettre dans cet état de fatigue extrême et de lutte contre les signaux d'alerte de son corps épuisé.

Et, en effet, deux heures après, Paula se sentait beaucoup plus détendue et lucide sous sa douche. Certes, ses jambes étaient douloureuses mais son esprit nettement apaisé.

Elle allait reprendre le contrôle de l'enquête. Comment ? Elle ne le savait pas encore mais il le fallait. C'était SON enquête, son père n'avait pas semblé être intéressé lors de la découverte macabre et Arthur n'était même pas présent. Avec Faudel, elle essaiera de remonter la piste de la voiture du meurtrier comme son père le lui avait demandé mais, en parallèle, elle fera des recherches sur l'épouse de la victime.

Lundi 19 septembre

- Pourquoi du plâtre Paula ?
- On va prendre les empreintes des pneus et les amener à un copain mécano vraiment très bon.

Paula commençait déjà à mélanger les plâtres avec l'eau tout en parlant lorsque Faudel était arrivé. Elle était remontée à bloc depuis les bonnes résolutions du week-end et Faudel, la voyant faire, savait que dans ces moments là elle était inarrêtable.
- On a de la chance, il n'a pas plu une goutte depuis la découverte du meurtre. On a rendez-vous à 9h c'est pour cela que je ne t'ai pas attendu au commissariat. Tu ne m'en veux pas ?
- Non, bien sûr, pas de problème. Dis moi si je peux t'aider.

Une heure après, il était chez Paulo le mécano comme aimait l'appeler Paula.

- Ton emprunte ce sont des 195/55R20 de marque Michelin sans doute.

- Ok, merci Paulo. Est ce que la scenic peut avoir ses pneus ?

- Oui effectivement c'est possible. Mais dans ce cas, vu le nombre de scenic dans le coin tu ne vas pas être trop avancé...

Je sais, merci quand même.

En sortant de chez Paulo, Paula prit le volant de sa petite twingo et slalomma de manière experte dans le trafic dense de la Nationale 3. Auparavant, Faudel avait appelé le commisariat d'Aubervilliers pour savoir si la fameuse renault scenic bleu aurait été repéré vers minuit le lundi soir.

- Bien vu Faudel, tu progresses. C'est sans doute à mon contact que tu apprends.

Paula le regarda avec un petit sourire et un beau clin d'oeil. Faudel ne pouvait pas résister à son charme dans ces moments là mais il se concentra sur la messagerie de son téléphone car il savait que la jeune inspectrice était d'humeur changeante et il était de toute façon inenvisageable d'avoir une relation avec sa collègue...interdit par le règlement.

- Oui , effectivement mardi 13 on nous a signalé un scenic bleu abandonné pas loin de votre scène de crime.

- On peut voir le véhicule.

- Bien sûr, mais il me faut vous dire qu'il est en partie brûlé.

- Et merde.

Cette fois-ci c'était Faudel qui pestait car il commençait sérieusement à se motiver pour cette enquête.

Malgré tout, nos deux policiers inspectèrent de fond en comble l'épave.

- J'ai peut-être quelque chose Faudel, viens voir.

La jeune inspectrice montra à son collègue des clichés où l'on voyait la victime rentrer chez lui et également une photo floue où l'on pouvait malgré tout distinguer un homme sur une fillette.

- Regarde cette photo, ce fumier est sur une fille qui semble incapable de se défendre et totalement nue ! Notre victime était sans doute également un bourreau !

- Cela en a tout l'air effectivement Paula mais ne nous enflammons pas. Il faut prendre le temps d'analyser tout ça au commissariat et voir si nos informaticiens ne peuvent pas améliorer le cliché.

- Ok, tu as raison je m'emballe. Je te laisse ramener ça au commissariat moi j'ai des trucs à faire cet après-midi.

Et elle laissa en plan le jeune inspecteur qui la regardait ahuri partir.

Décidément, j'ai vraiment du mal à la suivre ! Elle était pleine d'entrains, nos recherches débouchent sur des indices intéressants et elle se barre comme ça, sur un coup de tête...

- Bonjour Madame, je m'appelle Paula, inspectrice.

- Bonjour, vous avez trouvé le coupable ?

- Non. Je vous présente déjà mes condoléances. J'aurai quelques questions à vous poser. Puis-je entrer ?

- Oui, bien sur mais je ne crois pas pouvoir être de grande utilité.

- Merci.

Paula pénétra dans un appartement en désordre où la poussière avait élu domicile depuis un moment. La jeune veuve d'une quarantaine d'années était une femme assez grande au visage fin et doux mais à son regard on comprenait qu'elle avait un caractère fort. Elle remarqua une porte entrebaillée d'où émanaient les voix d'un pokemon bien connu.

- Votre enfant est fan de Pokemon d'après ce que j'entends.

- Comme la plupart des enfants depuis plus de 20 ans je crois.

- Effectivement, c'est amusant car je regardais également ce dessin-animé enfant. Comment s'appelle-t-il ?

- ELLE s'appelle Emilie.

Première gaffe, en plus Arthur avait bien évoqué la fille ! Je suis vraiment nulle.

- Et comment va Emilie ?

- Elle semble aller bien car elle n'a que peu pleuré la mort de son père mais refuse de s'exprimer quand je lui pose des questions. En même temps, son père n'avait pas beaucoup d'affection pour elle.

- En quelle classe est-elle ? En venant j'ai croisé une école primaire juste à côté. C'est bien de ne pas avoir trop loin pour l'accompagner je suppose.

- Effectivement c'est une chance et elle a beaucoup de chance car son professeur de CE2 est très bien.

- Tant mieux. Elle doit avoir également des amies j'imagine. Cela l'aidera sûrement.

- Oui, oui bien sur.

- Je vais être franche avec vous car je ne veux pas vous embêter trop longtemps et vous me semblez être une femme intelligente. Nous savons qu'Emilie a du souffrir d'actes malveillants de la part de votre mari. Qui était au courant de cela ?

- Je … euh … merci. L'école. C'est Laurent, …, enfin Monsieur Micho, son professeur, qui a décelé le problème en réussissant à gagner la confiance d'Emilie. Je lui en serai éternellement reconnaissante !

- Je comprends, et à part l'école. Des parents de ses amies, des membres de votre famille ?

- Non, mes parents ne sont pas au courant et je suis fille unique. Quant aux parents de ses amies, Emilie ne va pas chez ses amies. Elle est trop petite pour aller chez quelqu'un sans moi.

Et vous avez rencontré plusieurs fois Monsieur Micho concernant ce problème j'imagine ? Comment cela s'est il passé ?

La mère d'Emilie tourna furtivement le regard et Paula cru voir une petite rougeur sur ses joues avant qu'elle ne se reprenne et regarde l'inspectrice d'un petit air de défi.

- Monsieur Micho est un très bon professionnel. Il m'a répété les paroles de ma fille concernant les attouchements que mon mari lui faisait subir et expliquer les démarches à entreprendre. C'est une personne au-dessus de tout soupçon évidemment.

- Bien sûr. Je vous remercie pour votre franchise. Je vais vous laisser ma carte avec mon numéro si vous avez d'autres choses qui pourraient m'aider dans l'enquête.

Au moment de quitter l'appartement, Emilie sortit de sa chambre et se retrouva nez à nez avec Paula. La petite fille avait visiblement hérité du charme de sa mère et également de son caractère.

- Bonjour, vous êtes qui ?
- Bonjour Emilie, Je m'appelle Paula et je suis policière.

Paula s'était agenouillée pour être à la hauteur de la fillette. C'était une technique pour créer un climat de confiance avec les enfants apprise en cours de psychologie.

- Je vous ai entendu parler de Monsieur Micho. Faut pas lui faire de mal. Il est trop gentil et lui et ma maman s'entendent bien.
- Ne t'inquiète pas Emilie, je ne suis pas là pour faire du mal aux gentils.

Elle se releva et serra la main de la mère qui n'avait pas pu dissimuler sa gêne après les paroles de sa fille.

Paula appela son collègue en sortant de l'appartement pour lui demander l'adresse du professeur d'Emilie et convenir de lui rendre une visite ensemble.

Quarante-cinq minutes plus tard, ils sonnaient à la porte d'un appartement situé à quelques kilomètres de l'école.

- Bonjour Monsieur Micho, nous sommes inspecteurs de Police et souhaitons vous poser quelques questions concernant le meurtre de M Delbof.

- Je vous en prie, entrez.

L'instituteur, un homme de taille moyenne avec de petites lunettes rondes, habitait un studio chichement meublé à part un bureau où tronait un bel ordinateur portable et une bibliothèque bien garnie qui encombrait une bonne partie de la pièce. Il leurs proposa de s'installer sur son canapé lit situé en face d'un écran plat fixé au mur. Laurent Micho surprit les regards des deux visiteurs et dit en s'excusant

- Ca ne gagne pas lourd un instit' au bout d'une dizaine d'années de bons et loyaux services et habiter dans ce coin ça reste cher en raison de la proximité avec Paris. C'est d'ailleurs pour cette raison que je reste ici ; j'adore flâner dans les rues parisiennes et y boire un petit café à une terrasse. A mes heures perdues, j'écris même un peu.

Il termina sa phrase avec un petit accent de fierté qui fit sourire Paula.

- Venons en au fait. Que pouvez vous me dire sur la victime ?

- Pas grand chose en fait car je ne le voyais jamais. C'est la mère qui élève Emilie.

- Rien de particulier alors, vraiment ?

- Je vois, on vous a certainement expliqué que j'ai déposé une information préoccupante car Emilie m'a expliqué ce que faisait subir cet enf... enfin, le père à sa mère et sa fille.

- Effectivement, cela a dû vous faire mal d'entendre de la bouche de cette petite fille les atrocités qu'il lui faisait subir.

- Oui, évidemment, mais cela fait aussi parti de mon travail donc j'ai réagi en professionnel. C'est tout.

- Evidemment.

- Autrement, vous n'avez donc jamais rencontré le père ?

- Non, je vous l'ai déjà dit. Je ne suis quand même pas coupable de faire un signalement !?

- Bien sûr que non, on voulait simplement en être sûrs, question de routine quoi...

- Si c'est pour m'accuser de meurtre, montrez moi des preuves ou des témoins autrement veuillez cesser votre manège !

- Ne vous énervez pas Monsieur Micho, nous ne vous accusons de rien. D'ailleurs nous en avons fini à moins que vous n'ayez quelque chose qui pourrait avoir un lien avec ce meurtre évidemment.

L'instit' eu un petit temps de réflexion avant de confier aux inspecteurs que Michel Delbof s'était fait agresser verbalement et physiquement à la sortie des classes par le père d'une élève car le conducteur de car scolaire lui avait proposé de venir le rejoindre dans une impasse avec la promesse de bonbons.

- Et la fillette a été à ce rendez-vous ?

- Non, elle n'était pas bête et de toute les façons Monsieur Delbof n'inspirait vraiment pas confiance ni aux adultes ni aux enfants.

- Pourriez-vous me donner les coordonnées de ce Monsieur ?

- Non, mais je peux vous donner son nom : il s'appelle Monsieur Bratot, il habite évidemment Saint Denis à côté de l'école.

- Très bien merci, nous allons creuser cette piste.

En sortant de chez la veuve, Paula expliqua à Faudel son entrevue avec Mme Delbof.

- Mais Paula, tu as fait ça sans prévenir personne ! C'est en dehors de toute procédure.

- Fais pas chier avec ces procédures à la con ! L'important c'est d'avancer dans l'enquête et de reprendre la main sur notre enquête.

Faudel préféra ne pas insister car il savait bien qu'il ne pourrait pas raisonner sa collègue et, d'un certain côté, il était flatté qu'elle partage ses secrets avec lui. Il réorienta donc sa conversation sur l'enquête.

- Un peu nerveux l'instit pour être tout à fait net, non ?
- Je ne sais pas Faudel. Avec son air intello et son physique au antipode de Stalone je ne le vois pas surprendre un type comme Michel Delbof qui, sans être un athlète, était quand même costaud. En même temps, je crois que le prof et la mère vivent une histoire d'amour et que, sans doute, la mort de Michel les arrangent bien...
- On va quand même appeler la mairie de Saint-Denis pour avoir un entretien avec ce Monsieur Bratot ?
- Oui bien sûr, même si cette histoire me paraît un peu légère pour entraîner un meurtre.

- p'têtre ben qu'oui, pt'être ben que non...

Paula esquissa un sourire en se disant que le discret Faudel peut parfois avoir un peu d'humour. Elle raccrocha pour ensuite se rendre à son rendez-vous avec sa psychologue. Le suivi avait débuté il y a six mois lorsque les premiers cauchemars réguliers l'empêchant d'avoir un sommeil réparateur avaient débuté.

La jeune inspectrice, maintenant à l'aise dans cette salle au style épuré, s'alongea confortablement sur le divan de la psychologue. La thérapeute d'une cinquantaine d'années aux longs cheveux grisonnants portait un ample pantalon en lin et une chemise hawaïenne. Paula se souvint que lors de la première séance elle avait été déstabilisée par l'accoutrement un peu loufoque de la psychologue. Puis, petit à petit, un climat de confiance s'était installé avec celle qu'à présent elle tutoie et nomme par son prénom.

- Alors Paula, comment vas-tu aujourd'hui ?
- Je suis absorbé par une enquête sur un meurtre. C'est stressant, surtout que je dois

toujours supporter mon père et supérieur hiérarchique. Heureusement, mon collègue Faudel m'apaise un peu par son tempérament plus cool et conciliant.

- Très bien. Souhaites-tu me parler de ton père avant le décès de ta maman ?

- Suzanne, je n'ai pas très envie d'évoquer mon père.

- Rappelle-toi Paula, nous avons décidé d'effectuer un gros travail de mémoire sur ta vie avant le traumatisme de l'accident qui a coûté le décès de ta maman. Ton père faisait bien parti de ta vie d'adolescente. Concentre-toi sur des souvenirs précis avec lui.

Paula soupira mais céda. Elle ferma les yeux, mis la main sur son ventre et se concentra sur sa respiration comme le lui avait appris Suzanne. Elle sombra petit à petit dans un état de semi conscience dans lequel des images et sensations prirent forme.

- On est au bord de la mer. Le soleil est au zénith et il y a une petite brise qui soulève un peu le sable. Je le sens au niveau des chevilles. Papa me propose de jouer au volley. On a les pieds dans l'eau. Je suis heureuse et papa à l'air également de bien s'amuser. Je tourne la tête vers maman. Elle avait une belle chevelure brune à ce moment là. Elle nous regarde en souriant. Absorbée par ma mère je ne vois pas mon père se ruer vers moi pour me porter et me jeter à l'eau dans un grand éclat de rire. C'est incroyable avec quelle facilité il me soulève. Je ressens encore sa puissance impressionnante. Je fais semblant d'être sonnée et je reste un moment la tête sous l'eau. Papa vient à mon secours et j'en profite pour l'entraîner avec moi sous l'eau... Voilà ce dont je me souviens.

- Super, Paula, visiblement les relations conflictuelles que tu entretiens avec ton père n'ont pas toujours été. Depuis quand se sont-elles dégradées ?

- Depuis la mort de maman il y a quatre ans, il s'est recroquevillé sur lui, s'est mis à picoler et à se lamenter sur son sort. C'était comme si je n'existais plus ! Au moment où j'avais le plus besoin de lui je me suis retrouvée seule et je me suis prise en main pour terminer mes études et devenir inspectrice.

- Sais-tu d'où te viens le souvenir que tu m'as raconté ?

- Euh non, je... je crois qu'il y a une photo de mes parents et moi prise sur cette plage sur le bureau de mon père. C'est pour cela que je m'en souviens. Pourquoi me demander cela ?

- Les souvenirs d'enfance ne sont pas toujours fiables. Parfois c'est un de tes parents qui te raconte un souvenirs et tu en fais tien.

- C'est à dire, je ne comprends pas bien.

- Les parents racontent à leurs enfants des souvenirs de moments heureux passés ensemble. L'enfant se construit un souvenir grâce à ces histoires et il pense que c'est un « vrai » souvenir alors qu'en réalité c'est simplement l'évocation de l'histoire que ses parents lui ont raconté.

- Tu veux dire que mon souvenir est faux, que c'est juste une histoire que mon père m'a raconté.

- Je ne sais pas, en tout cas cela ne veut pas dire que ça ne s'est pas passé. Quel âge avais-tu à ce moment là ?

- Sept ou huit ans je crois.

- On a généralement peu de « vrais » souvenirs à cette âge là. Essaie de te rappeler d'un souvenir plus récent, lorsque tu avais une quinzaine d'années par exemple.

- Je … je n'ai pas de souvenirs qui me viennent à l'esprit. C'est étrange, je ne me souviens de rien de précis.

- D'accord, ce n'est pas grave. Peut-être as-tu oublié le passé proche de l'accident. Suite au traumatisme cranien cela peut arriver. Lors d'une prochaine séance, on pourra essayer une technique d'hypno-thérapie si tu en es d'accord.

- Oui, pourquoi pas. Mais ce n'est pas un truc de charlatan ça l'hypnose ? Enfin, pardon, je ne veux pas dire que …

- Pas de soucis Paula, je comprends tes réticences, mais non c'est une technique qui date de plus d'un siècle maintenant et qui a fait ses preuves. Je ne te parle pas des spectacles d'hypnoses qui sont aujourd'hui proposés mais d'hypno-thérapie qui permet parfois de débloquer des souvenirs enfouis. En gros, cela revient à approfondir la technique de relâchement que je t'ai apprise lors de nos premières séances. Celle la même que tu viens d'utiliser.

Lundi 26 septembre

Le commissaire, qui avait réuni son équipe pour faire le point hebdomadaire de l'avancé de l'enquête, fulminait en marchant de long en large dans l'étroite salle de réunion.

- Comment ça Arthur, tu n'as pas avancé ! Mais qu'est ce que t'as foutu cette semaine ?!

- Patron, nous, nous avons progressé.

- Oui, Faudel, sur la voiture ?

- Effectivement, nous avons retrouvé le scenic qui a véhiculé sans doute notre meurtrier. Malheureusement, c'était sans doute une voiture volée que notre assassin a pris soin de brûler pour effacer toutes traces de son passage.

- On est bien avancé avec ça !

- On a quand même retrouvé des photos où la victime est en train d'abuser de sa fille ! Cela nous oriente vers la théorie selon laquelle le professeur de la fillette pourrait être le tueur.

- Pourquoi ? Faut m'expliquer !

- Nous avons découvert que lui et la mère avaient une liaison et c'est lui qui a reçu le témoignage de son élève comme quoi son père la maltraitait.

- Maltraitait … Tout de suite les grands mots. Peut-être que ce n'étaient que des gestes affectueux de père à fille.

- Non papa ! Les photos montrent parfaitement qu'il abusait sexuellement de sa fille !

- Oui, d'ailleurs, l'ASE avait pris le signalement très au sérieux, renchérit Faudel.

- ok, ok. Vous allez donc rendre une deuxième visite à cet instit, nostalgique du gouvernement de Vichy, pour vérifier son alibi. C'est tout ?

- Non, Le professeur nous a également expliqué qu'un certain Monsieur Bratot a agressé Monsieur Delbof. Il était conducteur de bus scolaire, et à ce titre, il a proposé à la fillette Bratot de le rejoindre dans une impasse moyennant bonbons. Elle l'a rapporté à son père qui a agressé Michel Delbof devant l'école ; ce dernier allait également cherché sa fille à la sortie des classes.

- D'accord, cela me semble un peu léger mais sait-on jamais. Arthur, tu te charges d'aller interroger ce Bratot et on fait un point dans deux jours.

Faudel n'en revenait pas des paroles du commissaire pour le moins clémentes à l'égard des agissements de la victime. Il comprenait pourquoi sa fille ne pouvait pas le blairer. Il était infecte.

Il pleut comme vache qui pisse mais tant pis je sors courir. Je n'en peux plus de ce père nauséabond ! Il faut que je reprenne mes esprits, que je m'aère !

Paula sortit, rentra ses épaules, mis sa capuche sur sa tête et accéléra en direction du canal en écoutant les riffs de guitare et le rythme infernal d'un vieux tube survolté d'ACDC. Pantin, Bobigny, Bondy, Pavillon sous Bois : les panneaux de changement de commune ponctuaient les foulées inlassables de notre inspectrice en mal d'endorphines. Ses yeux s'embuaient tant par la pluie que par ses émotions douloureuses si bien qu'elle discernait à peine les quelques vélos et piétons qu'elles croisaient. De retour dans son studio, elle s'enferma dans une salle de bain qui ressembla rapidement à un sauna. Ses pensées étaient à l'image de l'atmosphère qui régnait sous la douche : brumeuses au point d'être irréelles, elle sentait petit à petit qu'elle perdait le contrôle de ses pulsions. ...respirer profondément sur une cadence de 7 secondes et se focaliser sur ce rythme apaisant...respirer...retrouver son calme et le fils de ses pensées. Il lui faudra encore beaucoup de temps et de travail pour apprendre à contrôler ses émotions. Elle le sentait bien et cela la fît frissonner.

Epuisée, elle s'écroula nue sur son lit et s'endormit profondément.

Paula entendit des râlements de plaisirs et des sanglots étouffés. Difficilement, elle ouvrit les yeux. D'abord flou, le spectacles qui s'offrit à elle l'horrifia. Elle était entourée de plusieurs couples occupés à forniquer dans différents coins de la grande pièce où elle se trouvait. Les murs blancs étaient anonymes et dépourvus de fenêtres et de portes. En observant plus attentivement les couples, elle réalisa que l'un des partenaires étaient beaucoup plus âgé que son compagnon. Ce dernier, ou plutôt cette dernière car c'était souvent des jeunes femmes, ne semblait éprouvé aucun sentiment ce qui accentua le malaise de Paula. Lorsqu'elle comprit qu'elle était prisonnière de ce huis clos, la tension monta encore d'un cran et elle perdit le contrôle. Elle se mit à courir tout le long des parois à la recherche d'une issue en vain. A bout de souffle, elle chercha à reprendre son souffle et sa lucidité. C'est à ce moment, qu'une main puissante se posa sur son épaule. Elle se retourna vivement et vit un homme nu la regarder avec concupiscence. Elle se rendit compte alors qu'elle était également en tenue d'Eve. Elle chercha à se dégager de l'emprise de l'homme et fut submergée par une crise d'angoisse telle un véritable raz de marée et elle se mit à hurler.

En sueur, sa couette enroulée autour de sa cuisse et son bras gauche, Paula se réveilla dans son lit.

Encore un foutu cauchemar dont elle devra parler à Suzanne.

- Monsieur Micho bonjour. Pouvons-nous entrer ?

- Bonjour, euh oui bien sûr mais pour quelle raison ?

- Nous avons encore quelques questions au sujet de l'enquête.

- J'ai quelques minutes à vous accorder donc vous m'excuserez si je ne vous propose pas de vous asseoir...

- Bien sûr, nous n'en avons pas pour longtemps.

- Que faisiez vous la nuit du lundi 12 ou mardi 13 septembre ?

- Quoi ! Vous me considérez comme un suspect ! Vous êtes tous les mêmes les flics. Un jour on se la joue cool et le lendemain vous la jouez « gros bras ». Je suis professeur des écoles moi, j'ai une morale ! Oui ce Monsieur Delbof était une ordure mais cela ne fait pas de moi un coupable !

Le professeur s'était mis à suer à grosse goutte, il mit la main sur la poignée de la porte prêt à clôturer cette discussion brutalement. Mais Faudel fût plus rapide et bloqua la porte à l'aide de son pied et pénétra dans l'appartement.

- Vous, vous ne pouvez pas rentrer chez moi comme ça ! Il vous faut un mandat !

- Le voilà ! Maintenant, soit on rentre soit on vous emmène au poste !

Blême comme le beau blanc de sa belle chemise fraîchement repassée, Laurent s'effondra sur son canapé qui fort heureusement pour lui n'était qu'à un mètre de l'entrée de son petit studio. Replaçant ses petites lunettes sur son nez, il essaya de reprendre ses esprits mais ne put que balbutier que, comme toutes les nuits depuis bien trop longtemps, il dormait seul dans son appartement cette fameuse nuit du 12 au 13. Il finit même rapidement par avouer qu'il entretenait une relation amoureuse avec la mère d'Emilie depuis six mois.

Pour Faudel, l'absence d'alibi et l'aveu de la liaison faisait de lui le coupable idéal même si, comme le rappela sa collègue, le manque de courage évident et le physique chétif de l'instit' ne collait pas avec l'image d'un tueur brûlant à l'acide les yeux et les oreilles de sa victime. D'ailleurs, à la vue des photos que lui montrèrent les jeunes inspecteurs, le pauvre Laurent avait eu des hauts de cœur....

- Il faut quand même se méfier de lui, un instit' ça passe ses journées à jouer un rôle devant leurs élèves.
- Ah bon Faudel ? Tu as eu des soucis avec eux durant ta scolarité ? questionna Paula avec un petit sourire en coin.
- Quand j'avais dix ans, les petits immigrés fils d'ouvrier n'étaient pas toujours les bienvenus à l'école tu sais ? Surtout que moi j'habitais un petit bled dans le Nord.
- Ok, pardon Faudel, je ne voulais pas te vexer. Tu as raison, il faut prendre sa candidature de coupable idéal au sérieux d'autant que l'on n'a pas, pour le moment d'autre suspect.

Deux jours plus tard, la réunion de travail au commissariat était houleuse. Arthur avait bien été voir Monsieur Bratot qui avait un alibi en béton car il était en vacances en Guadeloupe au moment du meurtre. Il était rentré de vacances avant-hier. Il ne restait comme suspect uniquement Laurent Micho, mais Paula et Faudel semblaient avoir épuisé cette piste également.

- Mais, vous foutez quoi bordel ?! Creusez dans la vie de ce Micho, il doit bien avoir quelque chose à se reprocher. Fait-il un sport de combat, a-t-il déjà eu des altercations avec d'autres parents ? Dans son enfance, a-t-il été violenté par ses parents ?... Je ne sais pas, faites preuve d'imagination et d'initiative ! Faudel et Paula vous irez voir la directrice de son école pour savoir comment était le prof avec les parents. Quand à toi Arthur, retrouve où a été scolarisé Micho et contacte ses parents.

Les lieutenants ne bronchèrent pas. Même Paula, pour une fois, ne pu que constater que son père pouvait encore s'impliquer dans l'enquête et mener son équipe.

Paula profita de l'été indien qui se profilait ce mardi et du fait que leur rendez-vous à l'école n'était qu'à 13 heures pour aller courir dans un lieu un peu différent que sa classique ligne droite du canal. Elle prit donc sa voiture pour se garer dans un parking attenant du Parc de la Poudrerie situé principalement entre les communes de Tremblay en France et Vaujours. Ce petit bois était un écrin de verdure très apprécié des riverains qui, même en ce mardi matin, étaient présents. Evidemment, à part une ou deux classes d'élémentaire et de collège pratiquant la course d'orientation, il n'y avait pas l'agitation du week-end où les parents venaient en nombre pique-niquer tandis que leurs enfants jouaient sur les belles aires de jeux. Mais c'est justement cette quiétude qui plaîsait à Paula. Tandis qu'elle trottinait sur un terrain plus dégagé lui permettant de se chauffer au doux rayons du soleil de septembre, elle put observer un père de famille avec son petit enfant commençant à marcher. Elle ne put éviter de ressentir de l'amertume en se disant qu'elle n'avait quasiment plus de souvenirs de son enfance et adolescence suite à l'accident qu'elle avait subit avec ses parents. Avait-elle été vraiment heureuse avant ? Elle avait du mal à imaginer son père prendre plaisirs à la voir effectuer ses premiers pas. Mais peut-être était elle injuste envers lui ? Aujourd'hui, il n'était plus qu'une épave mais il n'avait pas été épargné par les épreuves de sa vie personnelle non plus avec la maladie se sa femme et l'accident dont il n'était même pas responsable. Peut-être devrait elle être plus conciliante avec lui et essayer de lui pardonner ? Elle en était là dans ses pensées et avait pénétré plus profondément dans le bois quand le cri d'une femme retentit sur sa droite. Elle entendit les bruits d'une poursuite mais, face à la densité de la végétation à cet endroit, ne put en apercevoir les auteurs. Instinctivement, elle se précipita vers l'endroit d'où provenait l'agression. Evitant les branches avec agilités, sautant par dessus quelques petits troncs qui jalonnaient le petit sentier, elle déboucha sur une petite clairière où un homme avait coincé une jeune adolescente contre un mur d'escalade.

- N'essaie même pas de la toucher !

Surpris, l' agresseur âgé d'une trentaine d'années et à l'allure plutôt sportive regarda Paula. Après avoir jaugé la joggeuse téméraire, il esquissa un petit sourire.

- Tu veux te joindre à nous ma belle ? Viens, on va jouer ensemble.

Il eut à peine le temps d'être surpris par la hargne de la jeune inspectrice, qu'il se retrouva plié en deux par le premier coup de poing qu'il avait pris en pleine figure suivit du coup de genou dans l'entre-jambe qui l'acheva. Elle entraîna ensuite la jeune fille avec elle et sortirent du parc.

Après avoir vérifié que la jeune collégienne qui rentrait chez elle en cette fin de matinée suite à l'absence de son professeur de français allait bien, elle la ramena jusque chez elle en voiture.

Cette petite mésaventure rappela à Paula que ce parc était plus connu pour les différentes agressions qui y avaient été commises que par son histoire pourtant si riche. Décidément, elle ne regrettait pas son orientation professionnelle car elle ne pouvait accepter qu'une femme ne puisse pas tranquillement se promener dans un parc sans qu'un détraqué sexuel s'en prenne à elle.

Faudel écoutait les péripéties de sa collègue dans la petite salle des maîtres de l'école de Micho en attendant que la directrice finisse de régler un problème de racket entre deux élèves de CM2. Quelques minutes plus tard, une femme d'une cinquantaine d'année, des poches sous les yeux mais le regard bienveillant pétillant d'énergie, les reçut dans son bureau encombré d'armoires pleines de dossiers bien rangés par ordre alphabétique et de post-it griffonnés sur les murs.
- Excusez moi pour l'attente, mais malheureusement il n'y a pas beaucoup de répit dans ce métier.
- Pas de soucis, merci de nous recevoir. Nous aimerions que vous nous parliez de

votre professeur Monsieur Micho et de la famille Delbof.

- Tout d'abord Monsieur Micho n'est pas MON professeur mais un collègue car comme vous le savez peut-être je ne suis pas la supérieure hiérarchique des professeurs mais leur collègue. Ensuite, Monsieur Micho est un professeur apprécié par ses collègues et les parents dont il a les enfants en charge. Bien-sûr, il lui arrive d'avoir quelques différents avec certains parents indélicats mais c'est très rare.

- Et avec le père d'Emilie, comment cela se passait-il ?

- Ils ne se sont rencontrés qu'une seule fois et c'est en ma présence. Suite aux suspicions de maltraitrances, nous avons convoqué les parents.

- Et comment s'est passé l'entretien ?

- Au début très bien. Monsieur Delbof a été à l'écoute et s'est montré poli jusqu'à ce que Monsieur Micho évoque les marques de violences aux avant-bras et au cou qu'il avait observées sur Emilie. A ce moment, il s'est emporté en affirmant que ces marques avaient été faites à l'école et que, justement, il souhaitait interroger son professeur à ce sujet.

- Et avez vous su qui disait la vérité ?

- Monsieur Micho évidemment ! Jamais il n'aurait porté la main sur une élève.

- Et comment a réagit la mère ?

- Elle a passé l'entretien en baissant les yeux et sans ouvrir la bouche. Le seul moment où elle a semblé vouloir parlé c'est lorsque son mari a accusé Monsieur Micho. Elle a semblé vouloir protester mais un seul regard noir de son mari lui a fait changé d'avis. Je ne veux pas dire du mal de Monsieur Delbof vu qu'il est décédé mais franchement c'était une mauvaise personne.

- Très bien madame, je vous remercie.

Les jeunes policiers sortirent de l'école tandis que la récréation battait son plein. Ils durent slalommer entre les élèves qui jouaient au foot et subir le brouhaha des enfants qui profitaient des quinze minutes de détente de l'après-midi. De retour dans le calme de la voiture de Paula, il se dirent que le professeur semblait au delà de tout soupçon même si la directrice n'avait apporté aucune preuve matérielle sur le fait que les traces de coups avaient été faites par le père et non le prof.

Mardi 20 décembre

La situation commençait à devenir vraiment intenable. Cela faisait déjà plusieurs heures qu'il s'était pissé dessus et l'odeur, un mélange de sueur, d'urine et de produits toxiques, devenait insoutenable. Et pourtant cela était le cadet de ses soucis : il ne sentait plus que quelques picotements dans les jambes, symptome sans doute de manque de circulation du sang dans ses membres inférieurs. La soif, encore plus que la faim le tenaillait sans relâche. Mais, encore plus que toutes ces douleurs physiques, c'est la certitude de pourrir ici tout seul qui le faisait le plus souffrir. Ca et cette conviction d'avoir raté sa vie, lui qui vivait seul, sans réelle attache. Il avait passé une vie égoïste à croire qu'il méritait l'amour des membres de sa famille, que son statut d'homme de pouvoir l'autorisait à les dominer. S'il sortait de là, il essaierai de réparer le mal qu'il leurs avait fait même s'il savait au fond de lui que c'était impossible.

Une voix métallique l'interrompit dans ses sombres pensées :

- Ca pue ici ! Tu pues comme un rat mort !

- Je ne lui suis pas ! Vous feriez mieux de me dire ce que je fous là, tout le monde doit me chercher en ce moment et ils ne vont pas tarder à me trouver, et ….

- Qui va te chercher ? Tu es seul, personne ne s'intéresse à toi !

- J'ai des relations et des amis haut placés, vous vous faîtes des illusions si vous croyez que vous vous en sortirez impunément !

Pour toute réponse, un rire anonyme sorti tout droit d'un ordinateur coupa court à la conversation. La dernière chose qu'il entendit fût des bruits de pas qui s'éloignaient rapidement.

Il sombra alors dans un état de semi conscience désespéré et humilié par la réaction de son interlocuteur suffisamment intelligent pour masquer sa voix à travers un ordinateur et qui n'a laissé aucun indice quant à son identité.

Jeudi 13 octobre

Y en a marre …. Voilà le résumé des pensées du commissaire Gommier lorsqu'il se leva ce matin, la tête comme une enclume d'avoir abusé la veille du whisky. Il essayait désespérément de retirer cette haleine d'alcoolique à l'aide de sa brosse à dent et d'une bonne dose de dentifrice qui lui donnait l'impression d'être un chien enragé avec les yeux d'un cocker dépressif.

Aujourd'hui, on va le foutre en tôle l'instit' à la noix et le cuisiner jusqu'à ce qu'il crache le morceau. Je vais m'en occuper à l'ancienne pas comme Paula et Faudel. A midi ça sera plié et je pourrai passer un week-end tranquille sans que le préfet ne me rabache qu'il faut des RESULTATS !

Il prit donc sa bagnole plein de bonnes résolutions et se dirigea vers l'école où travaillait Monsieur Micho. Il arriva à 8h10 devant l'école pour l'emmener manu militari au commissariat avant l'arrivée du flot d'élèves et de parents qui n'auraient pas manqué de protester contre les méthodes musclées de la Police Nationale. Pourtant, ces petites têtes bien pensantes étaient bien contentes qu'on les protège contre les détraqués comme ce fichu prof.

- Arrête tes jérémiades l'intello !

- Vous, vous...vous n'avez pas le droit ! J'ai rien fait ! Je porterai plainte contre vous. Je suis syndiqué moi, vous ne vous en tirerez pas comme ça !

- Ta gueule ! Tu n'as pas de témoins pour confirmer ce que tu faisais la nuit du 12 au 13, n'est ce pas ?

- Non, mais...

- Y a pas de mais qui tienne ! Et il te gênait pour tes amourettes le père d'Emilie !?

- Oui, enfin non, mais...

Le poing du commissaire claqua comme un coup de tonnerre sur la table en formica blanc si bien que le pauvre prévenu sursauta sur sa chaise et eu un mal de chien à contrôler sa vessie pour garder un semblant de dignité. Le policier était debout les deux mains sur la table, l'air menaçant et le regard mauvais quand on tapa timidement à la porte et qu'un jeune planton demanda timidement à son supérieur de bien vouloir sortir car il y avait eu un événement malheureux qui pouvait bien influencer la suite de l'enquête.

Gommier cru qu'il allait avaler tout cru son subalterne qui le coupait dans la meilleure partie de son travail, mais il prit sur lui et sortit de la salle d'interrogatoire non sans avoir menacé Micho de revenir lui tirer les vers du nez par tous les moyens légaux ou non.

- Que s'est il passé pour que tu viennes m'interrompre au moment où il allait passer aux aveux !?

- On vient de nous appeler car un corps présentant les mêmes brûlures aux oreilles et aux yeux a été retrouvé près du canal à Bobigny dans le parc de la Bergère.

Cette simple phrase eu le don de calmer illico le commissaire qui comprit brutalement qu'il avait effectivement affaire à un tueur en série.

- Laissez l'instit' au chaud jusqu'à mon retour, j'en ai pas fini avec lui et donnez moi le lieu exact où se trouve notre macchabé.

Ensuite vous prévenez tout le tralala de la police scientifique.

- Paula ! Viens avec moi !

Paula prit la proposition de son père comme un bon signe de confiance. Cela la rassura après l'épisode où cet abruti d'Arthur avait failli lui piquer l'enquête. Comme si la commissaire avait lu dans les pensées de sa fille, il la stoppa dans son fol espoir en lui affirmant que c'était désormais lui qui se chargerait personnellement de l'enquête et qu'elle et Faudel agiraient en subalternes ce qui d'ailleurs étaient une chance pour eux car ce serait sans aucun doute très formateur.

Toutes sirènes hurlantes, la vieille mégane du commissaire slaloma entre les voitures pour très rapidement se garer en double fil près de l'entrée du parc de la Bergère. Il eut cependant le loisir de proférer des insultes à l'égard des conducteurs mous du genoux ou étourdis. Rapidement, ils se retrouvèrent père et fille devant le cadavre d'un maghrébin d'une quarantaine d'années. Il portait un jean élimé et une veste bon marché dont on pouvait déduire que la réussite sociale n'avait sans doute pas été au rendez-vous pour la victime. Il s'était visiblement débattu comme en témoignaient les marques marron et vertes sur ses vêtements ainsi que l'herbe piétinée tout autour de lui. Finalement, comme le confirma plus tard le légiste, c'était un coup de poignard au coeur qui avait eu raison de lui. Tout comme la précédente victime, les yeux et les oreilles avaient été brûlées à l'acide. Paula mit tranquillement ses gants en latex puis se pencha délicatement sur la victime pour tirer sur le petit bout de papier qui dépassait de la poche avant du jean de la victime. Elle le déplia tout aussi délicatement pour révéler une image grossière et pixélisée qui ne ressemblait à rien.

- Le tueur se joue de nous, marmonna la jeune inspectrice. C'est comme si il voulait nous donner des brides d'informations et que c'était à nous de les déchiffrer...

- Puisque cela à l'air de te passionner, je te laisserai le soin de reconstituer son puzzle. Pour ma part, je suis beaucoup plus prosaïque, on n'est pas dans un de ces mauvais polars que tu dois sans doute lire avant de t'endormir comme le faisait ta mère. On va fouiller les alentours et repérer les caméras de vidéo-surveillance pour voir si elles n'auraient pas filmer notre tueur.

Ensuite, s'enchaîna le traditionnel défilé de la police scientifique venu relevé d'éventuels indices, suivi du légiste, tout cela entouré par quelques flics tentant d'interdire aux passants de filmer cette scène de crime. Ils pourront dire à leur entourage qu'ils ont vu un crime horrible, que la réaction des flics étaient inhumaines car ils ne semblaient même pas dégoûtés mais que eux ils s'en souviendront toute leur vie et qu'ils font des cauchemars toutes les nuits. Pour argumenter leur propos, ils zoomeront sur les parties les plus sordides de la victime comme les yeux ou les oreilles brûlés.

Quelques heures plus tard, le petit parc de la Bergère reprit sa quiétude habituelle rythmée par quelques sportifs parisiens venus s'oxygéner les poumons et des jeunes femmes promenant leur progéniture.

- Mehdi MESSAOUI, 40 ans, marié et deux enfants. Faudel et Paula, allez prévenir sa femme. Elle habite La Courneuve, voici son adresse. Il faut que je retourne voir mon instit' pour savoir ce qu'il faisait la nuit dernière.

Les deux jeunes inspecteurs marmonnèrent un « bien chef » et quittèrent le commissariat accablés par la perspective de la rencontre avec la veuve.

Fier de la manière dont il avait mené son début d'enquête, Patrick se dit que finalement ce travail lui faisait du bien. Grâce à ce tordu, il reprenait goût à son boulot : il en avait plein le dos des petits cambriolages, des vols à la tire, des tapages nocturnes et petits dealers. Enfin une affaire digne de lui !

- Tu faisais quoi la nuit dernière ?
- La nuit dernière ? Pourquoi ?
- T'es pas dans ta classe, ici c'est moi qui pose les questions

- J'étais avec Virg... enfin la mère d'Emilie. Je l'aidais à expliquer à sa fille la tragédie qui leur est arrivée.

- Ouai, tu veux dire que t'étais au pieu avec la veuve épleurée.

- Comment osez vous ?…

- Ca va ! Elle peut témoigner pour toi alors ?

- Oui bien sûr mais pourquoi la nuit dernière ?

- Il y a eu un nouveau meurtre. Une aubaine pour toi car ça te disculpera si Mme Delbof confirme ta version.

- Je peux sortir alors ?

- Le temps d'appeler ta copine et tu pourras sortir effectivement.

Le commissaire sortit tranquillement de la salle d'interrogatoire et appela Mme Delbof par pure forme car il savait que le prof disait la vérité ; chaque goutte de sueur qui perlait de son front sentait la peur.

Après un bon repas à base de sandwich triangle et d'une canette de 8-6, Patrick s'assura de pouvoir visionner les caméras de surveillance de la ville de Bobigny dans l'espoir de trouver un indice. Par chance, il y avait plusieurs caméras proche du lieu du crime, pas dans le parc certes mais dans les rues adjacentes.

Entre temps, il appela sa fille pour savoir où ils en étaient. Evidemment, elle ne lui apprit pas grand chose : Ils s'étaient acquittés de la difficile mission d'annoncer la mort de Messaoui à sa femme qui vit au dixième étage d'une des fameuses tours des 4000 de la Courneuve. Une cité glauque par excellence où la principale activité se résume au trafic de drogue. Ils avaient eu la chance d'assister aux lamentations cacophoniques de la veuve « comme toutes ces bougnoules » ne pu s'empêcher de penser le commissaire. Mais il préféra garder ses réflexions pour lui car sa bien-pensante de fille hurlerait sans doute à son tour d'indignation. Lorsqu'il lui parla d'aller visionner les caméras de vidéo-surveillance, elle lui demanda s'il savait vers quelle heure avait eu lieu le crime ; décidément, il manquait d'exercices dans son rôle d'enquêteur car il dû bien admettre que la réflexion de la jeune inspectrice était évidente. Il ne la félicita évidemment pas : il ne fallait pas montrer ses lacunes, c'était quand même lui le chef expérimenté et son pater en plus. Mais, il décida de se taper la A86 et ses embouteillages à n'en plus finir pour se rendre à l'IML.

Direction Garches, en à peine quarante minutes toutes sirènes hurlantes, il évita de justesse une collision avec une petite twingo en coupant subitement les deux voies de l'autoroute pour sortir en direction de l'hôpital. Il adorait profiter de ce privilège du rodéo urbain avec une des bagnoles de fonction sans la pression d'abîmer sa mégane. Le médecin, prévenu de son arrivée, l'attendait déjà devant la victime et pris à peine le temps d'un vague bonjour pour débuter son laïus. Le doc n'appréciait pas beaucoup le tempérament de ce commissaire imbu de lui-même, au propos souvent racistes et misogynes.

- La victime s'est manifestement battue avant de succomber d'un coup de couteau bien placé en plein plexus solaire. La mort est alors survenue très rapidement. Ensuite, le meurtrier lui a brûlé les oreilles et les yeux avec le même acide que pour la première victime.

- Y a-t-il des prélèvements de sang, d'ongles, cheveux permettant d'identifier le tueur ?

- Malheureusement non, je pense que notre agresseur est suffisamment intelligent pour porter des gants, sans doute un bonnet...

- A moins qu'il ne soit chauve, l'interrompit Patrick, fier de sa petite déduction.

- Evidemment, on voit que vous êtes commissaire, répliqua froidement le médecin.

- Et vers quelle heure aurait eu lieu le crime ?

- Je dirai entre 4 et 6h du matin....

- Ok, merci. Salut doc !

Et le commissaire partit en direction du service de la sécurité publique de Bobigny sans même laisser le temps au toubib de finir son analyse.

Lorsqu'il arriva, Paula était déjà là à discuter avec le responsable « sécurité » de la ville.

- Qu'est ce que tu fais là Paula ? Grommela Patrick

- Je me suis dit que je pourrai te faire gagner un peu de temps et que deux regards valent mieux qu'un.

- Mouai, alors on a quoi comme caméra ?

Fièrement, le jeune fonctionnaire expliqua que la ville était équipée de 51 caméras judicieusement placées et que justement il y en avait une avenue Youri Gagarine que le tueur avait sans doute empruntée pour se rendre au parc.

Commença alors le visionnage de la vidéo de cette caméra de 3h à 7 heures du matin, le commissaire ayant préféré augmenter un peu le créneau durant lequel la victime ou le meurtrier aurait pu passer.

- Là, stop ! Regardez, on voit nettement notre victime.

- Effectivement, c'est bien lui Paula. Au fait, tu as demandé à l'épouse la raison de la présence de son mari à cette heure tardive.

- Et bien non, Faudel et moi avons passé notre temps à essayer de la calmer, du coup nous n'avons pas pu la questionner.

- Bien dommage, décidément, il faut que je m'occupe de tout dans ce commissariat.

Patrick regarda sa fille blêmir et ses yeux s'allumer d'une lueur mauvaise. Il en eu un petit pincement au cœur avant de se dire qu'il fallait bien lui apprendre le métier même si cela était parfois désagréable.

La vidéo reprit, les minutes s'égrénant lentement, et quelques instants plus tard, une petite Twingo grise déboucha sur l'avenue en se dirigeant lentement vers le parc et finalement disparaître de la vue de la caméra.

Le commissaire poussa un cri de victoire et ordonna au technicien de faire un arrêt sur image et de zoomer sur la voiture. Impossible de distinguer le conducteur, par contre la plaque était lisible.

Sans même prendre le temps de remercier le responsable et en plantant sa fille sans plus d'explication, le commissaire Gommier quitta les lieux.

De retour au commissariat, Patrick traversa le hall d'entrée à toute allure sous le regard médusé de la fliquette qui était à l'accueil. Cela faisait des années que le commissaire n'avait pas montré autant d'enthousiasme au travail, bien plus de temps que l'arrivée de Juliette, jeune gardienne de la paix qui ne connaissait son supérieur que comme un homme dépressif et imbuvable. Une fois la porte claquée, elle dû à contre cœur gérer le quotidien d'un commissariat entre un vol de voiture, un homme ivre qui souhaite porter plainte suite à une bagarre qui a mal tourné dans le troquet du coin et une jeune femme qui a perdu son smartphone.

De l'autre côté de la porte, Patrick s'affairait en pestant contre la révolution numérique pour tenter de connaître le propriétaire de la twingo. A bout de patience, il interpella un jeune subalterne pour qu'il fasse la recherche à sa place en expliquant qu'il ne savait plus où étaient ses lunettes sans lesquelles il ne voyait rien. Ce dernier, bien conscient de l'incompétence de son supérieur mais ayant appris à le respecter, ouvrit une page avec les coordonnées recherchées en quelques clics.

Arthur DENOYER, 14 rue Anizan Cavillon 93350 le BOURGET

Ni une, ni deux, le commissaire ressortit en trombe, créant à nouveau l'émoi de Juliette, et fit crisser les pneus de la vieille Renault. Après avoir zigzagué à travers quelques ruelles étroites, il déboucha sur la Nationale 2 toutes sirènes hurlantes. Il traversa la banlieue nord est en passant devant le Fort d'Aubervilliers, les cités HLM de cette ville puis celles de la Courneuve. Profitant des tunnels, et forçant le passage malgré les klaxons des voitures malmenées par les embardés de la Mégane, il arriva dans la petite ville du Bourget déchirée en deux par cette fameuse N2. A la mairie en brique rouge, il tourna à droite sur l'avenue Anizan Cavillon pour s'arrêter en double file devant le 14. Il pénétra, arme au poing, dans la cour qui permet d'accéder à l'entrée de deux petits immeubles vétustes situés de part et d'autre de cette courette et en fond de cours un pavillon avec un beau jardin. Cette disposition très particulière lui fit penser à la maison du noble et les habitations sur les côtés du petit peuple. C'est d'ailleurs dans un de ces appartements que vivait Arthur, jeune étudiant en fac de sport à Bobigny et originaire d'Orléans. N'ayant pas eu l'affectation voulue sur parcours sup il avait échoué dans le 9-3 pour le plus grand désarroi de ses parents fous d'inquiétude de voir leur petit dernier emménager dans le département le plus dangereux de France.

      Après avoir cogné violemment à la porte, cette dernière s'ouvrit sur le jeune étudiant n'ayant pour seul vêtement un caleçon ne datant pas d'hier et un tee-shirt portant les stigmates d'une nuit agitée. La gueule enfarinée, pas rasé depuis plusieurs jours et avec une haleine fétide, Arthur regarda l'homme responsable de son réveil en sursaut avec stupeur et un début de frayeur. Ce dernier, blouson en cuir élimé et jean n'ayant pas vu le lave linge depuis plus d'une semaine, braquait un revolver sur le jeune homme en hurlant POLICE.

Une dizaine de minutes plus tard, ils étaient chacun installés sur un pouf autour d'une table basse à siroter une bière. Après qu'Arthur, preuve à l'appui, lui ai expliqué qu'il s'était fait volé sa voiture la semaine dernière, Patrick s'était calmé et même excusé face à ce jeune homme qui finalement avait l'air bien sympathique. Sans vraiment savoir pourquoi, cet étudiant qui pensait plus à faire la fête et à courtiser ses homologues féminines de manière éhontée, faisait penser à Gommier qu'il aurait bien aimé avoir un fils avec qui partager ses passions pour l'alcool, la fête et la drague. Cela lui rappelait sa jeunesse avec mélancolie.

Le soir était tombé, les lumières blafardes des éclairages publiques donnaient une ambiance morne à la banlieue nord-est de Paris accentuées par une bruine pénétrante. Le commissaire remonta le col de son blouson tout en déchirant le PV qui ornait le pare-brise de sa voiture pour mauvais stationnement. Il décida de commander une pizza avant de rentrer chez lui pour terminer sa journée comme chaque soir depuis la mort de sa femme, seul une bière à la main devant un match de foot. Mais ce soir là, il ne broyait pas du noir car il était enfin motivé par quelque chose : il était bien décidé à mettre la main sur ce tueur psychopathe. Mais qui était-il ? Un taré qui s'en prenait à des victimes de manière aléatoire ou bien choisissait-il ses victimes pour des raisons précises ?

Il décida de lâcher sa précieuse canette de bière et de lever sa carcasse pour tenter de trouver son calepin et de quoi écrire. Ce calepin, se souvenait-il, dont il ne se séparait jamais au début de sa carrière pour y noter tous les indices ou réflexions de ses enquêtes. Ce n'est qu'après avoir vider les tiroirs de son bureau qu'il le retrouva coincé entre une revue pornographique et une facture. Le rangement n'avait jamais été son fort ; c'était son épouse qui se chargeait de l'entretien de la maison, de payer les factures et d'élever sa fille. Il était évident qu'il ne se chargerai jamais de ces tâches puisque, en tant qu'homme de la maison et commissaire, il n'avait pas le temps pour ce genre de futilité. Une fois veuf, il avait embauché une femme de ménage qui, malheureusement, avait rapidement démissionné : elle n'avait pas du tout apprécié que ce dernier tente sa chance pour assouvir ses pulsions sexuelles. Après cet épisode, il s'était décidé à être autonome dans son appartement. Le résultat était qu'aujourd'hui, après plusieurs années de célibat, son logement ressemblait beaucoup à celui du jeune homme qu'il venait d'interroger.

Il commença donc à noter ses réflexions comme au bon vieux temps :

1ère victime : Michel Delbof, le 12 septembre à Aubervilliers près du canal, un homme qui abusait de sa fille. Brûlures au niveau des oreilles et des yeux.

2ème victime : Mehdi Messaoui, 12 octobre à Bobigny (parc de la Bergère près du canal). Même brûlures.

Lieu autour du canal dans un périmètre relativement petit.

Le meurtrier : plutôt malin car pas d'empreinte ni de témoin. A priori, voitures volées à chaque fois. Même protocole d'assassinat : surprend son adversaire et le neutralise sans confrontation direct puis lui brûle à l'acide les yeux et les oreilles. Pourquoi ces brûlures?

1 mois d'écart entre chaque meurtre. Le 12 de chaque mois. Hasard ?

Indices : un bout de papier avec une image illisible pixélisée.

Le motif : règlement de compte ? Profil « violeur » de la première victime, pareil pour le second ? Au hasard ?

Patrick se rendit compte qu'il ne disposait pas de grand chose pour coincer ce fumier. Il n'y avait pas le moindre doute sur le fait que l'assassin n'allait pas s'arrêter là mais il était hors de question d'attendre une erreur de sa part. Alors par où diriger l'enquête ? Le vol de voiture pouvait être une piste à creuser ? Il lui faudra se rendre au commissariat du Bourget pour savoir s'ils avaient des indices. Pour le bout de papier, ça n'était vraiment pas son truc mais il déléguerai quand même Paula et Faudel là dessus. Voir le listing de psychopathes qui brûlent leur victime à l'acide et qui seraient sortis dernièrement de prison. Arthur pourra s'en charger. Et évidemment, voir le profil de la victime en retournant voir sa femme et l'interroger sérieusement. Il s'en chargerai.

Petit à petit, les pensées du commissaire s'éparpillèrent : il se mit à se rappeler sa jeunesse lorsqu'il était encore un jeune inspecteur à l'avenir prometteur et que sa vie de famille était plutôt heureuse...

- Alors Paula, tu es contente de ton anniversaire de 7 ans.

- Ouiii papa. C'était trop bien d'avoir mes copines à la maison. En plus, Sandra m'a offert des cartes pokemon rares !

- Tant mieux Paula. Tu sais que j'aurais aimé être à la maison pour ce jour spécial mais papa doit travailler aussi pour arrêter les méchants .

- Je sais papa mais des fois j'aimerais que tu les laisses un peu tranquille les méchants. Et puis d'abord, ils sont si méchants que ça ?

- Bien sûr Paula ! Sans moi et les autres policiers on ne vivrait pas tranquille. Il y aurait pleins de vols dans les maisons et des personnes qui se feraient tuer !

- Ah bon ? Mais nous, on ne veut pas tuer ou voler, et mes copines non plus. Pourquoi tout le monde n'est pas comme nous ?

- Je ne sais pas Paula, ils sont peut-être très en colère ou alors des gens naissent gentils et d'autres méchants. Viens maintenant me faire un câlin avant de dormir.

La petite fille vint se blottir contre son père. Elle sentait ses bras énormes l'enlacer et elle se sentait en sécurité même si, parfois, elle trouvait que le câlin durait en peu longtemps.

- Madame MESSAOUI, commissaire Gommier, puis-je entrer ?

- Bien sûr mais j'ai déjà tout dit aux deux jeunes inspecteurs.

- Je sais mais ils sont encore jeunes et moi plus expérimenté. Cela me tient à cœur d'arrêter le meurtrier de votre mari, vous comprenez j'imagine ?

- Pouvez vous me parler de votre mari ? Son métier, ses loisirs, ses amis et ennemis...

- Mon mari est … enfin était ….excusez moi, je n'arrive toujours pas à réaliser...

L'épouse de la victime fondit en larme, laissant ses cordes vocales exprimées toute sa détresse au grand désarroi de Patrick. Ils se trouvaient dans un logement de type F4 d'une des dernières tours de la très célèbre cité HLM de la Courneuve. Une cité où avait grandi la quarantenaire épleurée. Une cité qui, comme l'épouse inconsalable, avait mal vieilli. L'une portait les stigmates d'une vie difficile à élever deux enfants, à gérer le quotidien familial tout en travaillant la nuit comme femme de ménage tout cela sans l'aide d'un mari trop souvent absent ou confortablement assis sur le canapé devant un match de foot. L'autre avait subit le sentiment d'injustice de toute une frange de la population parquée dans des cages à poules géantes et à qui ont avait promis une vie confortable avec toutes les comodités au pas de chez soi y compris les écoles. Certes les supermarchés et écoles étaient bien dans la cité. Mais qui pour entretenir ses infrastructures ? Qui pour s'investir à long terme dans l'éducation de ces enfants issus de l'immigration dans un cadre grisâtre et bétonné ? Même le RER B ne tenait pas ses promesses d'un transport facile vers la capitale avec son public toujours plus nombreux et morose dans le meilleur des cas et violent trop souvent.

- Madame, s'il vous plaît, reprenez vous !
- Maman, tu veux que je le foute dehors le keuf ? Il t'emmerde ?
- Pardon ? Petit morveux, je vais t'apprendre la politesse moi !
- Abdel, excuse toi !
- Mouai, c'est bon, je pensais que tu en avais marre de ces fouineurs...Excuse monsieur le flic.

Patrick, rouge de colère, dégoulinant de sueur haineuse envers cette petite racaille, fit un effort incroyable pour ne pas lui mettre une bonne raclée.

- Excusez mon fils, il est très en colère depuis longtemps mais encore plus depuis la mort de son père, vous comprenez j'imagine, vous avez peut-être eu des adolescents chez vous aussi, vous savez ce que c'est...Mon mari travaillait donc à l'usine Rumpler, pas très loin d'ici ; un sale boulot mal payé mais pas loin de la maison et de toutes les façons, avec le chômage actuel, malgré ce que peut dire notre président, il n'est pas si facile de trouver un emploi stable. Il lui arrivait de temps en temps de sortir avec quelques collègues le soir mais c'était rare ; nous sommes une famille musulmane pratiquante et soucieuse de la bonne éducation de nos enfants.

- C'est ce que je constate effectivement avec votre fils. Et personne pour lui en vouloir alors ?

- Non. Mon mari était quelqu'un de bien !

- Je n'en doute pas. Et donc vous avez un enfant ?

- Non deux, j'ai également la perle de mon cœur : Soumeya. SOUMEYA ! Viens par là s'il te plaît !

Une belle maghrébine de 15 ans sortit de sa chambre, voilée tout comme sa mère. Baissant les yeux par respect ou soumission, elle dit bonjour au commissaire.

– Bonjour jeune fille. Je suis commissaire de Police et j'enquête sur la mort de ton papa. Où vas-tu à l'école ma belle ?

Un éclair de rage passa dans le regard de la jeune femme à l'écoute du « ma belle » mais elle se reprit bien vite.

- Au collège Jean Vilar monsieur.

- Tu as des amis ?

- Oui bien sûr, Dina, Kanya … et Yasmine...

- Qu'a t-elle de spéciale cette Yasmine ?

Regardant furtivement sa mère et son frère, elle murmura :

- Rien du tout, elle et moi on est un peu en froid en ce moment c'est tout...

- Et toi, le grand frère, tu vas à l'école ?

- Bien sûr, qu'est ce que vous croyez, même les arabes vont au lycée ! Je suis en première à Jacques Brel.

Coincé entre deux armoires à glace dans l'ascenseur, Patrick ne pu réprimer une moue de dégoût en sentant cette odeur d'urine insupportable auquel il fallait ajouter l'odeur de transpiration de ses voisins. Cependant, face aux deux gaillards approchant le quintal, il préféra s'abstenir de tout commentaire.

Enfin la fin de la torture olfactive avec l'ouverture poussive de l'ascenseur, Patrick se retrouva dans une cage d'escalier où deux jeunes dealers ne cachaient même pas leur produit illicite devant le commissaire qui sentait le flic à plein nez. L'impunité était de mise dans ce territoire qui était le leurs.

A grandes enjambées, le commissaire quitta la cité tout en se disant qu'il allait falloir aller au collège Jean Vilar pour discuter avec cette Yasmine. Au moment de pénétrer dans sa voiture, un maghrébin d'une cinquantaine d'années en profita pour y monter par surprise.

- Eh ! Tu vas pas me piquer ma caisse ! Je suis commissaire, t'es mal tombé !

Il commença à empoigner le pauvre bougre qui bredouilla

- Attendez, je veux juste vous parler de Mehdi, je suis son beau-frère...

- Le beau-frère de Mehdi, c'est qui Mehdi ?!

- Mehdi Messaoui...Il a été assassiné..

- Oui bien sûr, je sais bien, pour qui me prends-tu ? Qu'est ce que tu as à me dire sur lui ?

- Ma sœur a toujours fait les mauvais choix, déjà toute jeune ses amis n'étaient que des bons à rien...

- Abrège, je m'en fous de sa jeunesse.

- Ce que je veux dire c'est que son mari était souvent dans les mauvais coups...

- Détaille cette fois-ci !

- Il revendait des affaires tombées d'un camion, il dealait un peu mais dernièrement je l'ai surpris avec un caïd qui revend de l'héroïne. Il lui avait emprunté de l'argent d'après ce que j'ai cru comprendre mais emprunter de l'argent à un type comme ça ce n'est pas sans conséquence parce-que...

- Tu vas pas m'apprendre mon métier, donne moi plutôt son nom à ce caïd !

- Il se fait appeler « le passeur » mais il n'est pas d'ici, on le voit traîner en ce moment chez nous pour refourguer sa came près du bâtiment C le jeudi soir vers 23h.

- Ok, merci pour l'info en espérant que ce n'est pas bidon ton histoire car autrement je peux te garantir que je te retrouverai et te foutrai en tôle pour entrave à la justice !

-Vraiment sympa comme remerciement, salut !

Aussi rapidement qu'il était entré dans la voiture, il en sortit capuche sur la tête et s'éloigna rapidement de la voiture du flic.

Vanné par le rythme endiablé de la journée, le vieux commissaire rentra beaucoup plus calmement chez lui ne s'énervant même pas dans les fameux embouteillages de la A86. Lentement, la petite couronne grise défila devant ses yeux, la Courneuve, Aubervilliers, Pantin et finalement un petit immeuble du 19ème arrondissement de Paris. Deux étages sans ascenseur, la garantie de faire un peu de sport tous les jours. Haletant devant sa porte, il se remémora ce qu'il s'était dit lorsqu'il avait opté pour ce petit trois pièces à la mort de sa femme. Vendue la belle maison à Livry-gargan qui avait vu grandir sa fille et vieillir les parents. La belle maison qui avait vu sa femme livrée bataille contre la sclérose en plaque, putain de maladie dégénérative. Tel un Don Quichotte, elle avait tout tenté pour vaincre puis ralentir la maladie en vain. Alitée et vaincue, elle avait supplié son mari de l'achever. Ce dernier s'était caché devant le cadre juridique et le risque d'être condamné pour meurtre afin de masquer sa couardise. D'ailleurs, même durant la maladie, il faut bien reconnaître qu'il s'était réfugié dans son travail pour ne pas voir celle qu'il admirait tant devenir un corps amaigri et de plus en plus dépendant au regard sans cesse moins vif. Seule sa fille, pourtant âgée d'une quinzaine d'années, avait supporté la déchéance physique de sa mère en l'encourageant sans relâche puis en l'assistant dans son quotidien. Pour la jeune fille la course à pied était son refuge, repoussant sans cesse les limites des muscles de ses jambes et de son coeur comme pour alléger le sort de ceux de sa mère.

Sans même s'en rendre compte, Patrick s'était retrouvé avachi sur son canapé, un paquet de cacahuètes dans une main et une bière dans l'autre. Rapidement, le voisin d'en face aurait pu voir un homme bedonnant et mal rasé endormi dans un canapé simili cuir au milieu de cacahuètes éparpillés sur le sol. Seule la bouteille de bière avait miraculeusement conservé un équilibre précaire contre la paume du vieil homme.

Campé sur ses deux jambes, les bras croisés, Patrick observait ses jeunes inspecteurs rentrer dans la salle de réunion. Il remarqua que Paula avait le regard cerné et l'oeil des mauvais jours. Que pouvait-elle faire de ses soirées pour avoir une telle tête ? Peut-être s'était elle trouvé un mec ? Un type costaud, sûr de lui et qui ne se laisserait pas faire par le caractère de chien de sa fille, espérait-il.

- Grâce à moi, l'enquête avance ! Je sais de source sûr que notre dernière victime avait emprunté de l'argent à un dealer qui se fait appelé « le passeur ». Il sera à la cité des 4000 jeudi soir. On va le choper et le cuisiner. Paula et Mehdi vous m'accompagnerez.

Arthur, quant à toi, tu iras te rencarder sur une certaine Yasmine au collège de la fille. C'est une de ses copines et je sens qu'elle a des choses à nous confier.

- Pap..., Patrick, tu penses à un règlement de compte ?

- Evidemment, ça tombe sous le sens non ?!

- Dans ce cas, la première victime aurait également eu affaire à ce passeur. Pourtant il n'y a rien qui le lie à lui.

- C'est pour cette raison que, après notre descente, tu chercheras le lien entre lui et notre première victime. Il faut creuser pour trouver, c'est pourtant une règle que je t'ai enseignée.

- Evidemment commissaire, comment ai-je pu l'oublier ?!

- Patron.

- Oui Arthur ?

- Je pense à une autre entrée dans cette enquête. Les deux enfants étaient connus de l'ASE. Parmi les employés qui traitent les dossiers, peut-être y a t-il une personne qui souhaite régler les problèmes de ces victimes de façon expéditive.

Le commissaire n'eut même pas le temps de répondre que Paula s'exclama que cette piste était bien plus crédible que le règlement de compte. Les mains du commissaire se mirent à trembler. Comment sa propre fille peut elle se permettre de remettre en cause son autorité ? Il prit le temps de récupérer un semblant de calme avant de répondre.

- Très bien Paula, nous allons déjà explorer ma piste « peu crédible » et si elle ne mène à rien, tu iras avec Arthur à l'ASE.

Alors que Paula allait protester contre le fait de travailler avec Arthur, une fliquette toqua à la porte et entra. La jeune femme, qu'Arthur regardait avec concupiscence ce qui la fit rougir, expliqua au commissaire que le Préfet était en ligne. En grommellant, il quitta la pièce.

- Oui monsieur le Préfet....non monsieur le Préfet

A ce moment, on put entendre les vociférations du chef de la Police à travers le téléphone qu'avait éloigné de son oreille

Patrick. Il était clair que les réseaux sociaux s'étaient emparés de ce double homicide et que le vieux commissaire, ignare en matière de technologie, ne consultait ni intagram, ni twitter ni même facebook.

- Il faut vous mettre à la page et vivre avec votre temps ! Cela fait partie de votre boulot de gérer ces réseaux. Si cela continue ainsi, nous aurons une meute de tarés qui vont tirer sur tous les hommes suspectés d'avoir abusé d'une mineure. Notre meurtrier devient un héros, on peut même lire : heureusement qu'il y a des gens comme lui pour pallier à l'incompétence de la police et de la justice !

De retour à la salle de réunion, il fit un rapide résumé de sa discussion avec le Préfet et délégua Arthur pour centrer son activité sur ces réseaux et, peut-être, relever la trace du meurtrier. Après tout, ce dernier devait sans doute être fier de sa popularité ce qui lui ferait faire une erreur.

Il pleuvait ce fameux jeudi soir, comme dans une série policière de seconde zone, la scène était un archétype d'une soirée où le gentil flic déprimé se prépare à arrêter le méchant arrogant. Par intermittence, les balais d'essuie-glace de la vieille Renault permettaient à nos trois flics de voir l'entrée du bâtiment C de la citée courneuvienne.

- Et comment on va le reconnaître ton dealer ?

- Un dealer de son acabit est toujours accompagné de deux trois jeunes à capuche....

- Un dealer de son acabit n'aurait pas le dernier cri de la mercedes coupée par hasard ?

Mehdi désigna une belle voiture noire passer devant le bâtiment et se garer quelques mètres plus loin. Quatre hommes en descendirent, deux habillés d'un jogging et d'une veste à capuche masquant leur visage et deux autres habillés jean et manteau trois quart. Le plus grand des deux était chauve et visiblement c'était lui qui donnait les ordres.

- On y va !

Patrick sortit en trombe de la voiture, l'arme au poing, tandis que Faudel et Paula le regardaient faire effarés par l'impréparation de son interpellation.

- Police ! Levez les mains et pas un geste fils de pute !

Les quatre lascars observèrent surpris le vieux hystérique avec son flingue. Puis, les réflexes de jeunes délinquants reprirent le dessus. Ils levèrent les mains en signe de soumission et laissèrent le flic approcher. Lorsqu'il fut suffisamment proche des deux jeunes à capuche qui s'étaient positionnés entre leur chef et le commissaire, l'un d'eux balança son pied sur la main droite du flic qui tenait le flingue et son partenaire enchaîna avec un coup de poing dans le plexus. Patrick, qui n'avait plus le physique de ses trente ans, se pencha vers l'avant soufflé par la puissance du coup. Il se retrouva roué de coup tandis que les deux autres dealers allaient pénétrer tranquillement dans le bâtiment C. Heureusement pour le commissaire, Mehdi intervint efficacement en surprenant l'un des assaillant qui ne vit pas venir la crosse du flingue s'abattre sur sa nuque. Son partenaire, voyant le combat s'équilibrer, choisit la fuite.

Pendant ce temps, Paula tenta de se positionner pour intercepter les deux leaders. Ces derniers renoncèrent à pénétrer dans l'immeuble et se mirent à courir pour se perdre dans les méandres de la cité. Paula jeta un coup d'oeil à son père que Mehdi tentait de redresser puis décida de courser les deux dealers. Elle avait perdu quelques secondes précieuses à hésiter mais elle voyait les deux silhouettes se diriger vers un parking découvert. La pluie lui fouettait le visage mais ses entraînements jouaient en sa faveur et elle sentait qu'elle se rapprochait petit à petit des deux caïds. Alors qu'elle s'apprêtait à sortir son arme de service, une dizaine de jeunes âgés de dix à quatorze ans surgirent de nulle part pour s'interposer entre elle et les deux ombres fuyantes. Elle eu tout juste le temps de s'arrêter pour ne pas percuter ces enfants de malheur qui, aussi vite qu'ils étaient apparus, s'égayèrent dans l'obscurité. Ce contre-temps fut largement suffisant pour que Paula réalise qu'elle avait perdu toute chance de retrouver les dealers.

- Tu n'as pas pu les rattraper ?

- Et non Faudel, tu le vois bien non ?! Les jeunes guetteurs ont protégé leurs chefs!

- On n'a pas tout perdu, on a leur voiture. J'ai appelé la procureur pour pouvoir récupérer leur caisse.

- Et mon père, il est où ?

- Dans la voiture, il a morflé et il est bon pour les urgences d'Avicennes si tu veux mon avis.

- Ca lui fera les pieds à vouloir jouer les caïds !

Ce n'est qu'à 3 heures du matin que le commissaire sortit des urgences avec une côte cassée et des hématomes sur les bras et les jambes. Sa fille, le visage fermé, l'attendait dans sa petite twingo noire.

- Qu'est ce qui t'a pris de jouer au héros face à ces dealers ?

- Tout ce serait bien passé si vous m'aviez suivi ! Enfin, ne parlons plus de cela, dis moi plutôt que vous les avez coincés.

Paula expliqua succinctement ce qui s'était passé puis s'enferma dans son mutisme habituel en présence de son père. Elle le déposa en bas de son immeuble sans lui proposer de l'aider à monter chez lui malgré la mine défaite du commissaire. Dès qu'il eut pénétrer dans son immeuble, elle démarra nerveusement dans les ruelles blafardes d'un Paris animé par des SDF regroupés par deux ou trois autour d'un vieux duvet et quelques badauds enivrés tout juste sortis de soirée. Plutôt que de rentrer à son domicile, elle se dirigea vers Aulnay sous Bois pour se poster devant un beau pavillon situé dans le quartier à la population plutôt aisée proche de la gare. Tout semblait calme pourtant la jeune femme, jumelles à la main, attendait quelque chose ou quelqu'un. Ces yeux cernés par ses sorties nocturnes et son métier envahissant depuis maintenant plusieurs semaines, n'avaient pas le même éclat qu'à son habitude. Une froide lueur déterminée semblait animer la lieutenant.

C'est avec un visage grimaçant et des valises sous les yeux que Patrick accueillit une nouvelle fois son équipe. Il avait passé quarante-huit-heures à essayer de récupérer de sa bastonnade. Mais le sommeil ne l'avait surpris que trop rarement à cause de ces fichues douleurs aigues causées par la côte fracturée. Pourtant, il fallait qu'il reprenne du service pour continuer à mener son enquête. Le préfet lui avait bien fait comprendre l'urgence de la situation car la presse écrite commençait à poindre le bout de son nez et, sans net progrès, l'enquête serait sous la responsabilité des éminentes équipes du « 36 quai des orfèvres ».

- Bonjour à tous. Même si vous n'en avez visiblement rien à foutre, je vais un peu mieux bien que cette côte me fasse un mal de chien. Après notre petite sortie au 4000, je crois que l'on peut à présent être sûr que notre meurtrier est ce putain de passeur. Grâce à la voiture, nous pourrons sans problème remonter jusqu'à lui puisque visiblement ce n'est pas une voiture volée. Il croit pouvoir s'en prendre à moi en toute impunité mais il va le regretter !

- Patron, vous m'aviez demandé d'enquêter sur la copine de la fille de la victime....

- Et alors, on s'en fout puisqu'on a notre coupable maintenant.

Patrick fustigea du regard son subalterne avec une telle violence qu'Arthur en blêmit. Pourtant il ne se démonta pas et reprit le plus calmement possible son laïus sous les regards surpris de Paula et Faudel.

- Je voulais quand même vous informer que Yasmine m'a expliqué que Soumeya était victime de violences à caractère sexuelles par son père tout comme la fille de la précédente victime. Cela nous donne un lien évident entre les deux meurtres me semble-t-il. Du coup, le règlement de compte par le dealer ne tient pas. Enfin je suppose, non ?

- Ton problème c'est que tu supposes trop ! Pourquoi, dans ce cas, il s'est opposé à nous aussi violemment. Il n'avait qu'à coopérer.

Paula intervint pour soutenir ce collègue qu'elle n'appréciait pourtant pas.

- Il a sans doute cru que l'on était là pour l'arrêter pour trafic de drogue. Ce serait logique.

Patrick dû bien admettre l'évidence, la théorie d'Arthur était plus plausible que la sienne mais il ne voulait pas perdre la face.

- On ne va quand même pas laisser cette pourriture s'en sortir aussi facilement. Paula et Faudel, puisque vous l'avez déjà vu vous irez le cueillir chez lui. Préparez bien votre coup, cette fois ci il ne doit pas nous échapper. Je me chargerai ensuite de l'interroger. De ton côté Arthur, continue de creuser la piste du meurtrier vengeur de jeunes filles.

Cette fois-ci Faudel et Paula préparèrent bien leur coup pour appréhender le passeur. Après s'être assurés que ce dernier était bien chez lui, ils débarquèrent chez lui à 7 heures du matin en tambourinant violemment à la porte. Un grand et solide gaillard d'une trentaine d'années, chauve et vêtu en tout et pour tout d'un caleçon, ouvrit la porte prêt à botter le cul à celui qui l'avait réveillé de manière aussi triviale. Il n'eut même pas le temps de prononcer un mot qu'une arme était pointée sur son front accompagné d'un calme « Police, vous êtes en état d'arrestation ».

Complètement ahuri devant les deux flics ; jamais il n'aurait imaginé qu'il puisse un jour se faire arrêter par la police tant l'impunité régnait dans le milieu de la drogue ; il eut à peine le temps d'enfiler un jean, un sweat et son beau trois-quart, qu'il se retrouva entraîné menottes au poignet vers une petite Twingo. Il dû se plier en quatre pour se placer à l'arrière de la voiture ce qui ne l'empêcha pas de sourire en se disant que ces flics bossaient comme des dingues pour rouler avec une poubelle tandis que lui roulait en Mercedes.

- Alors sale fils de pute, tu rigoles moins maintenant que t'es plus dans ta cité avec tes gardes du corps ?!

- ...

- Mehdi Messaoui, ça te dit quelque chose ?
Connais pas.

- Je sais de source sûr qu'il te devait de l'argent, donc tu le connais forcément.

- Beaucoup de monde me doit de l'argent, demandez à mon comptable. Je suis sûr que certains flics me doivent du fric !

- Te la joue pas trop parce que tu vas rester un moment ici avant de rejoindre la prison de Villepinte !

- Vous n'avez rien contre moi, je ne sais même pas pourquoi je suis ici.

- Parce que Mehdi a été assassiné et que t'avais une putain de raison de le buter.

- Pour trois ou quatre cents Euros....c'est rien pour moi !

- Donc tu le connaissais et il te devait quatre cents balles. On avance.

- P't être bien mais je ne l'ai pas buté.

- Et Michel Delbof, tu connais ?

- Qui ? NON, je ne connais pas de Michel, qu'est ce qu'il a avoir la dedans ?

- On verra ça, je vais te laisser mijoter un peu, rafraîchis toi la mémoire pendant ce temps là.

Le commissaire sortit, plutôt fier de lui, suivi par sa fille.

- Voilà Paula comment on procède pour un interrogatoire. Faut lui mettre la pression, le bombarder de questions et ils finissent tous par craquer.

- Il n'a pas avoué le crime et très franchement j'ai de gros doutes.

Il faut toujours qu'elle soit septique ma fille avec moi. C'est quand même pas compliqué de comprendre qu'il est coupable. Il reconnaît que Mehdi lui devait du fric. A tous les coups le Delbof devait lui acheter également de la beuh et ne pouvait plus le payer. Il les a tués pour l'exemple.

- En plus tu ne lui as même pas demandé s'il avait un alibi au moment du meurtre.
- Evidemment, je garde ça pour le second round ! Entre temps, on va retourner voir la famille. Je m'occupe de la femme et toi tu vois si tu peux récupérer des infos avec les enfants. En tant que femme tu passeras mieux que moi auprès d'eux.
- Et pourquoi donc ?
- L'instinct maternel, c'est génétique.

Et voilà, dans la même voiture au milieu des embouteillages, et elle s'isole avec son casque, les jambes serrées contre la portière. A croire que si elle le pouvait elle se mettrai encore plus loin de moi ! Putain, les gosses, même adultes, ils n'en demeurent pas des mioches toujours prêts à emmerder leur paternel.

L'ambiance dans la cité avait bien changé par rapport à la dernière visite de Patrick : il faisait beau et les enfants jouaient au foot sur le parvis avec un vieux ballon coupe du monde 2018. Des jeunes mamans aux habits colorés pour certaines et aux différentes nuances de gris pour d'autres promenaient leurs bébés. Tout semblait les opposer, les unes exubérantes, fières de leur formes et d'autres cherchant à dissimuler tant leurs féminités que leurs états d'âme. Et pourtant, le décor animé de cet après-midi nous montrait le gai mélange des couleurs. Combien d'entre eux pourront s'extirper de la misère qui règne dans ces quartiers ? Combien d'entre eux seront guetteurs pour le nouveau «passeur» et s'embourberont dans la clandestinité ?

C'était le cadet des soucis de Patrick qui ne semblait même pas voir toute cette vie qui s'égayait autour de lui. Pourtant, s'il avait été plus attentif, il aurait aperçu Abdel prévenir ses potes de l'arrivée de la flicaille.

- Oui, je sais que nous étions déjà venu vous voir, mais nous avons de nouvelles questions à vous poser. Je suis désolé de vous déranger.
- Entrez, je vais vous préparer du thé.

Le père et la fille s'assirent l'un sur un fauteuil confortable et l'autre sur une chaise dont la position assise accentuait la rigidité de son corps. Même Patrick s'aperçut de cette posture qui prouvait que sa fille était dans ses mauvais jours. Il mit cela sur le compte de ses règles douloureuses comme s'en plaignaient souvent les femmes.

- Vos enfants ne sont pas là ?
- Mon fils non, mais Soumeya est dans sa chambre, je vais l'appeler.

La jeune fille pénétra dans la pièce et s'arma de courage pour adresser un timide salut aux deux policiers. Elle regarda Patrick avec soumission comme avec tous les hommes qu'elle croisait mais sembla plus ouverte d'instinct avec Paula. Cette dernière s'approcha d'elle et entama discrètement la discussion avec elle.

- Madame, vous étiez au courant que votre mari devait de l'argent à un dealer ?
- Comment ? Non bien sûr ! Ce n'est pas mon rôle de m'occuper de l'argent. Mais mon mari était un homme honnête.
- Bien sûr mais vous ne roulez pas sur l'or et parfois certaines personnes malveillantes proposent de l'argent facile. C'est tentant...
- Je suis désolé mais je ne sais rien à ce sujet. Mon mari ne me mettait pas dans la confidence. Chacun son rôle.

Je n'apprendrai rien avec cette bonne femme tout juste bonne à faire les courses, le ménage et la bouffe. C'était un sacré veinard jusqu'à ce qu'il crève ce Mehdi.

En sortant de l'immeuble, les deux flics se retrouvèrent entourés par une bande de jeunes agressifs. Au milieu de la troupe, Patrick reconnu cette fois Abdel. Tout en essayant de rester calme, Paula et son père avancèrent tranquillement vers leur voiture. Une pierre frôla le visage du commissaire. Il se retourna violemment mais il lui était impossible de connaître l'auteur du lancer devant ce regroupement d'ados. Il prit sur lui pour garder son calme, et reprit son chemin tout en rattrapant sa fille qui ne s'était pas arrêtée. Le deuxième jet ne rata pas sa cible ni le troisième qui toucha l'épaule de la jeune inspectrice. Cette dernière, électrisée par la douleur fulgurante de l'impact, se retourna en dégainant son arme de service. Elle mit en joue celui qui semblait le leader.

- Tu bouges, t'es mort !

Le jeune Abdel blêmit devant la détermination de la fliquette. Les autres, habitués à ce genre de situation, s'égayèrent dans les recoins de la cité. Après avoir compris qu'elle ne tirerai pas, Abdel tenta également de s'enfuir mais avec un petit temps de retard. Les séances de running de Paula eurent raison de la tentative de fuite du jeune adolescent. Dix minutes plus tard, il se retrouva à l'arrière d'une vieille mégane, menottes au poignet, en direction d'un commissariat du coin.

- Alors gamin, tu fais moins le malin sans tes copains ! Explique moi pourquoi tu nous en veux ?
- C'est pas moi qu'a lancé les pierres, j'étais là juste en curieux.
- Arrêtes tes conneries, on t'a repéré, c'est toi le leader. Tu peux être au moins fier d'être un meneur.
- Ouai et alors ?
- Alors, pourquoi !
- J'sais pas, j'aime pas que t'embête ma mère. On fais le deuil de notre père au cas où vous ne vous rappeleriez pas !
- Ok, ça on comprend mais pourquoi tu travailles pour le passeur ?
- Quoi ! Mais comment vous savez ça ! C'est Soumeya qu'a cafeté !

- Non, je n'en savais rien, j'ai juste tenté et t'es tombé dans le piège. Ta sœur n'a rien à voir la dedans.

- ...

- Et maintenant, on va aller voir le passeur pour lui expliquer que tu as avoué que vous faîtes du trafic de drogue....

- Non ! Faites pas ça ou j'uis mort !

- Alors faut nous expliquer pourquoi il a tué ton père.

- Il n'a jamais tué mon père. Pourquoi il aurait fait ça ?

- Ton père lui devait du fric.

- Qui vous a dit ça ?

- Ton oncle.

- Rachid ?

- Euh peut-être...

- Grand, mince la cinquantaine, chauve et une petite barbe grise.

- C'est ça. Qu'est ce que tu peux me dire sur lui ?

- C'est le frère de ma mère et il aime un peu trop ma sœur...

- Comment ça trop ?

- Non, rien laissez tomber, ça n'a rien à voir.

- Trop comme ton père ?

- Quoi mon père ? laissez le tranquille mon père. Et putain, laissez moi partir maintenant, je vous ai tout dit.

Paula regarda son père en sortant de la salle d'interrogatoire. Il était évident qu'ils ne pouvaient pas garder éternellement le fils sans prévenir la mère ce qui provoquerait un scandale. Ils missionnèrent donc un gardien de la paix pour le ramener chez lui. La pénombre commençait à tomber en ce mois d'octobre malgré un ciel clair présageant un beau coucher de soleil sur le canal. Voilà où en était les pensées de Paula lorsque son père lui demanda de participer au contre-interrogatoire du passeur.

- On a les paroles du gamin pour mettre la pression au passeur. Faut le faire parler.

- Si on fait ça, on grille le petit. On ne peut pas faire ça.

- On s'en fout, on n'est pas là pour faire du social !
- Sans moi ! Et puis si tu le laisses mijoter toute la nuit, tu verras qu'il sera plus coopératif demain. Et ça me laissera du temps pour trouver le moyen de lui mettre la pression sans griller le fils. Fais moi confiance, regarde comment le petit a avoué travailler pour le passeur alors qu'on avait aucune preuve ni même un indice.

Le commissaire était épuisé par l'accumulation des jours de travail intense. Il n'avait plus l'habitude de ce rythme qui autrefois le grisait. Et puis sa fille avait raison pour une fois, il devait le reconnaître. Enfin, la perspective d'une soirée télé/bière/canapé acheva de le faire capituler.

Pendant que Paula courait d'une foulée légère, un beau coucher de soleil parisien dans les yeux, Patrick, simplement vêtu d'un caleçon, se prélassait devant un écran diffusant une de ces émissions abrutissantes. Les images défilaient, les voix s'exclamaient, mais le commissaire était ailleurs.

Il était en juillet 2018, sa femme était malade, sans force et amaigrie par la maladie. Il ne pouvait plus la regarder en face depuis le début de sa descente en enfer. Ce soir là pourtant, ils avaient décidé d'aller au restaurant tous les trois. Elle avait mis un beau foulard violet et du far à joue rosé pour masquer les stigmates de la maladie ainsi qu'une robe flottante couleur crème. Il faisait encore chaud ce soir là en sortant de la Traviatta. Patrick avait bu sans doute un peu trop mais ni sa femme ni sa fille ne s'en était rendu compte. Elles ne faisaient pas attention à lui dans ces moments là : elles étaient tellement fusionnelles. Mais sur le périphérique qui devait les ramener tranquillement chez eux, Patrick eut un moment d'inattention qui lui fit perdre le contrôle du véhicule quelques secondes...des secondes de trop qui virent un camion heurter violemment une belle mégane que le commissaire s'était achetée depuis peu. Et puis ce fût le trou noir pour les passagers de la Renault. Trou noir jusqu'au douloureux réveil dans une chambre d'hôpital au côté de sa fille salement amochée. Lui même n'était pas beau à voir. Il chercha un long moment son épouse jusqu'à ce qu'une voix bienveillante lui explique qu'il avait beaucoup de chance d'être en vie avec sa fille, ce qui n'avait malheureusement pas été le cas de sa femme.

L'émission comique ne collait décidément pas avec son téléspectateur avachi sur un canapé aussi triste que lui. Les larmes roulaient doucement sur son visage pour terminer leur chemin sur la commissure de ses lèvres imbibées d'alcool.

L'ambiance en salle de réunion au commissariat sentait l'excitation présageant une arrestation prochaine. Patrick aimait cette atmosphère électrique qu'il n'avait plus ressenti depuis plusieurs années. Enfin, il allait coincer cette ordure de passeur. Le fils avait accepté le deal proposé par Paula : donner les noms des deux gardes du corps du chef à qui les flics feront porter le chapeau des infos que le petit leur à donner. Cette fois ci la préparation de l'arrestation sera sans faille et il ne sera pas de la partie. C'est Arthur qui s'en chargera car c'est le seul à ne pas être connu dans la cité.

- Paula et Faudel, retournez voir la copine de la fille. Creusez cette histoire de viol par le père et l'oncle. On verra où ça nous mène ?

- Ok, on ira voir également le tonton si ça se confirme.

Patrick stressait ferme dans son bureau pendant que ces lieutenants étaient sur le terrain. Il n'arrêtait pas de tourner et retourner le cadre de la photo qu'il avait ressorti hier soir avant de s'endormir. Une photo où l'on pouvait voir un beau couple avec une petite fille dont le sourire semblait un peu triste. Des gobelets de café s'amoncelait sur son bureau en désordre. En son centre, un petit carnet griffonné de pattes de mouche semblait ordonner un peu ce capharnaüm. On pouvait y déchiffrer sous forme d'une carte mentale les noms suivants :

Mehdi Messaoui (victime, viol sa fille ?), père de Soumeya (violée?), Rachid (l'oncle violeur?), Abdel (le grand frère, travaille pour le Passeur), le passeur (dealeur qui a prêté de l'argent à la victime). Lien avec les autres victimes (dealeur ou violeur?).

Il jeta son stylo, remit sa photo de famille dans le tiroir, pris sa veste à la volée, et sortit précipitamment de son bureau en claquant la porte. Il allait rendre visite à la femme de Delbof pour savoir s'il leurs arrivait de se faire des petits plaisirs chimiques de temps en temps.

- Consommer de la drogue ? Non, jamais, ni moi ni mon mari, je vous assure !

- Je ne vous pose pas cette question pour vous inculper, mais nous avons une piste sérieuse dans ce sens. Cela nous aiderait à coffrer le meurtrier de votre mari si vous m'aidiez.

- J'ai bien compris mais je vous assure que la dernière fois où nous avions fumé un joint doit remonter au moins à dix ans. A la naissance de notre fille, nous avons stoppé définitivement ce genre de consommation qui d'ailleurs était uniquement à usage festif et très occasionnelle.

- Très bien, j'ai compris. Merci....Tiens, je vois que la relation avec le professeur de votre fille est devenue plus intime.

Laurent, sortit nonchalamment de la chambre en caleçon. Le mercredi, l'instituteur profitait d'une bonne grasse matinée.

- Bonjour commissaire. A ce que je sache, ce n'est pas interdit par la loi. Par contre, j'espère que votre enquête avance car tous les posts sur twitter vantant les mérites du meurtrier obtiennent plus de 10 000 folowers.

- Mêlez vous de vos affaires. Bonne journée !

L'intervention du prof rappela à Patrick qu'il fallait qu'il voit avec Arthur si cette facette de l'enquête avançait. Pour sa part, il n'y comprenait rien avec ses mots « post » et « followers » mais il avait bien saisit les propos virulents de son supérieur.

De retour au commissariat, Le dealer l'attendait dans la salle d'interrogatoire.

Le commissaire avait la main sur la poignée de la salle d'interrogatoire lorsque les deux jeunes inspecteurs l'interpellèrent essouflés par le petit sprint de la voiture au commissariat
- Attends, nous avons la certitude que Soumeya subissait des violences sexuelles !
- Une certitude n'est pas une preuve.
- Laissez nous au moins le temps de vous expliquez notre entrevue avec l'amie de Soumeya, renchérit Faudel.
- Ok, je ne suis pas à cinq minutes près après tout...

Le commissaire s'installa derrière son bureau en essayant de faire un semblant de rangement devant les regards tendus de ses deux subordonnés. Ils lui expliquèrent que Yasmine était au courant que le père et l'oncle de Soumeya abusaient de son amie. Elle lui avait fait cependant promettre de ne rien dire car les pressions familliales étaient trop fortes. Yasmine a fini par énoncer tout ce qu'elle savait car elle ne supportait plus de voir son amie sombrer dans la dépression.

C'est plein d'amertumes que Patrick dû se résoudre à libérer le dealer pour laisser la place à l'oncle.

- Pourquoi vous m'avez fait venir commissaire, je ne comprends pas. Vous aviez pourtant arrêté le « passeur » ?

- Il semblerait que ce fumier ai un excellent alibi et donc n'a pas tué votre frère. C'est donc un retour à la case départ.

- Effectivement, si vous êtes sûr de son alibi...En quoi puis-je vous aider ?

- Je m'étais dis que vous auriez peut-être d'autres idées concernant le meurtrier. Après tout vous connaissiez bien la victime et sa famille.

- Evidemment, je fais tout ce qui est en mon pouvoir pour soulager la peine de ma belle-soeur et ses enfants.

- Je n'en doute pas. Vous avez de bonnes relations avec votre neveu et nièce ?

- Oui, ça va, mais maintenant il va falloir que je prenne en main Abdel qui est en train de mal tourner. Mon frère n'est plus là et il faut une présence masculine pour préserver l'ordre dans la famille.

- Bien sûr, et votre nièce.

- Soumeya est une bonne petite fille très bien élevée. Je ne m'inquiète pas pour elle.

A ce moment, Paula toqua à la porte et entra en interpellant son père

- On a des nouvelles chefs ! La petite Soumeya est enceinte ! Elle ne veut pas nous dire qui est le père mais les analyses ADN vont rapidement nous révéler quel est le salaud qui l'a engrossé !

Patrick pu voir Rachid blêmir avant que ce dernier ne lâche

- C'est impossible ! Nous avions toujours pris nos précautions et …

Il s'arrêta de parler, regarda tel un animal traqué pris au piège les deux policiers, puis tenta de fuir. Faudel, qui attendait dans le couloir pu facilement le neutraliser.

Patrick dû bien reconnaître, qu'une fois de plus, sa fille avait eu une idée de génie avec cette petite scène montée de toute pièce. Il en était à la fois fier et agacé.

Les quelques passants attentifs de la rue Carency en ce mercredi soir, furent sans doute surpris de voir des silhouettes s'animer à travers une fenêtre éclairée du commissariat.

Il devenait urgent de rebondir sur l'enquête du commissaire Gommier, le préfet en personne le lui avait rappelé cet après-midi suite à l'échec de la piste du dealer. Patrick, pourtant si laxiste ces dernières années, ne voulait plus lâcher cette affaire.

- Paula, Arthur et Faudel, vous vous occuperez dès demain matin de contacter les services sociaux pour savoir si on peut établir un lien entre les victimes de ce côté là.

- Bien chef, répondit Arthur, fier de voir son intuition être validée par son supérieur.

- Et surtout, vous me faites un rapport dès demain de vos avancées. Et pas d'initiative sans mon accord. Je vous rappelle que c'est moi le responsable de cette enquête. Et je dois rendre des compte au préfet. D'ailleurs Arthur, as tu des informations importantes à nous donner concernant les réseaux sociaux ?

- J'ai lu tous les posts concernant notre affaire et il y en a plus de 1000 ! Le type devient une véritable star, cela fait froid dans le dos mais je n'ai pas décelé la trace de notre meurtrier.

Le centre administratif de Bobigny tranchait avec les tenues des habitants du quartier dont certaines présentaient un panache de couleurs flamboyantes, origine africaine oblige, tandis que d'autres étaient plus sobres, et de style différent du jean baggy noir, à la robe colorée traditionnelle, en passant par la djellaba grise ; la mixité était de mise. Quant aux bâtiments dâtant des années 1970, l'austérité dominait avec la couleur grise omniprésente et son style épuré. Léonardo, SDF faisant la manche depuis plus de dix ans sur la grande place entourée d'immeubles administratifs, remarqua deux jeunes hommes accompagnés d'une jeune femme à la démarche assurée et sportive se dirigeant vers le bâtiment hébergeant la Cellule de Recueil des Informations Préoccupantes (CRIP). Il su intuitivement que c'étaient des policiers bien qu'ils étaient habillés en civil. Comment avait-il pu les identifier ? Lui-même ne pourrait sans doute pas l'expliquer. Peut-être, à leurs visages fermés, leurs attitude de défi vis à vis de piétons qu'ils croisaient. Etre flic en Seine Saint Denis, ce n'est pas simple : Il faut savoir être ferme mais pas hautain, proche d'une population au pire haineuse au mieux dubitative. Pourtant Faudel et Paula, nés et ayant toujours vécu dans ce département, faisaient partie intégrante du paysage séquano-dyonisien. Ils aimaient sa diversité et sa complexité. Les tensions et les rixes, les insultes et les quolibets, ils en avaient pris leur partie lorsqu'ils avaient décidé de rentrer dans la police nationale. Pour Arthur, c'était un peu différent. Ce dernier étaient nés dans le quinzième arrondissement de Paris et y vivaient encore avec ses parents malgré ses vingt-huit ans. Il n'aspirait qu'à une chose : quitter ce département de malheur pour enquêter sur des cambriolages de magasins avenue Foch ou des Champs Elysée. Il sentait bien qu'il méritait bien mieux que les trafics de drogues au pied des cités.

Cela aussi, notre Léonardo s'en était aperçu. Les jeans délavés et sweat à capuche de Paula et Faudel tranchaient avec le pantalon en toile et la veste en tweed d'Arthur. Notre SDF ne pu que ressentir un certain mépris pour ce jeune homme au regard arrogant.

Tic-tic ... tic-tic : voilà ce qu'entendaient nos trois policiers lorsqu'ils furent accueillit dans le bureau de la CRIP. La femme qui les recevait avait un TOC particulièrement agaçant : elle ne pouvait s'empêcher d'actionner le bouton poussoir de son stylo qu'elle tenait constamment dans sa main droite.

- En quoi puis-je vous aider ?

- Nous enquêtons sur deux meurtres dont les victimes vivaient à Bobigny et Pantin. Ce qui semble les relier, c'est le fait que leurs enfants respectifs ont été signalé chez vous.

- Et alors ?

- Alors nous aimerions avoir des renseignements concernant ces signalements et savoir qui les a traîter.

- Mais tout ceci est confidentiel. Je ne sais pas si j'ai le droit de vous donner ces informations. Il faut que j'en réfère à ma responsable. Rappelez moi en début de semaine prochaine.

Paula, qui était déjà d'humeur massacrante après sa nuit hantée de cauchemars, posa violemment les photos des victimes sur le bureau de la secrétaire.

- Pensez vous que la prochaine victime peut attendre une semaine de plus !

Le visage de la bureaucrate se décomposa devant la violence latente de la jeune policière et la vue des photos.

- Je … je vais voir ce que je peux faire. Attendez moi là deux minutes.

Malgré sa jupe serrée qui l'empêchait d'allonger le pas, elle se dirigea rapidement vers une porte située au fond de l'open space. Une dizaine de minutes plus tard, elle revint, nettement plus calme, en proposant aux policiers de les accompagner au bureau de ladite responsable.

Le bureau était tout aussi austère que l'open-space mais la femme qui les accueillit, une maghrébine d'une cinquantaine d'années, beaucoup plus accueillante que sa collaboratrice. Tout dans son attitude montrait de l'empathie et du dynamisme ce qui plut d'emblée à Paula.

- Ma collègue m'a expliqué votre demande. Pouvez-vous me donner les noms de ces pauvres jeunes qui ont perdu leur père de manière aussi tragique ?

Avec vivacité, elle accéda aux informations demandées.

- La jeune Emilie a été signalé par son professeur qui suspecte des abus sexuels de son père...et il en est de même pour Yasmine dont la copine, aidée par ses parents, m'a signalé également un inceste.

- Oui, merci. De cela nous sommes déjà au courant. Comment cela se passe-t-il lorsqu'il y a un signalement ?

- Dans les deux cas, les signaleurs ont appelé le 119. La plateforme téléphonique nous a ensuite communiqué les informations par mail. C'est ma collègue que vous avez rencontré qui reçoit ses messages et me les transmet. Ensuite, avec mon équipe pluri-disciplinaire, je décide des suites à donner. Mais, dans les deux cas en question, mon équipe ne s'est pas réunie. En effet, Michel Delbof, le père d'Emilie, est décédé peu de temps après le signalement et nous n'avons pas encore pu nous réunir pour Yasmine.

- Donc, vous abandonnez ces deux jeunes filles sous prétexte que leur bourreau est mort !

- Absolument pas, mais c'est vrai que ce n'est plus une priorité...et nous recevons tellement de signalements. Plus de 30 000 par an et nous n'avons qu'une seule équipe pour tous les traîter. C'est désespérant ! Heureusement, nous réussissons régulièrement à stopper les sévices en travaillant avec la famille.

- Excusez moi, je me suis emportée bêtement, la fatigue et le stress de ces meurtres... Donc les trois personnes qui ont eu accès à ces informations préoccupantes sont le standardiste du 119, vous et votre collègue.

- C'est bien cela. Nous sommes vos suspects numéro un ?

- Non évidemment, cela dit il va falloir que nous sachions qui a réceptionné les appels au 119.

- Facile, cela est noté dans leurs dossiers. Pour Emilie, il s'agit de Miguel Parto et pour Yasmine de …. Et bien également Miguel Parto. Voilà le numéro où vous pourrez le joindre.

- Merci pour ses précieuses informations. Vous nous avez sans doute fait avancer à grand pas dans notre enquête.

- Tant mieux si j'ai pu vous être utile. Aurevoir.

En se levant Faudel remarqua le cadre photo sur lequel il pu voir son interlocutrice, avec une dizaine d'années de moins, au côté de deux jeunes enfants souriant devant l'objectif.

- Vous avez deux beaux enfants en pleine forme.

- J'avais...l'un d'eux est décédé d'une leucémie il y a cinq ans...

- Oh pardon...

Une ombre de tristesse passa sur le visage de la femme si souriante quelque temps auparavant.

Patrick accueillit d'humeur maussade ses trois lieutenants à la salle de réunion du commissariat. Il était en train de lire « le Parisien » qu'il jeta violemment sur la table, projetant par la même occasion le gobelet en carton de son café. En première page du quotidien figurait les photos des deux victimes avec en gros titre « Une enquête qui patine sur un double meurtre en Seine Saint Denis ». Les réactions n'avaient pas tardé ; le Préfet l'avait appelé lui laissant un ultimatum de vingt-quatre heures avant que l'enquête ne lui soit retirée au profit des cadors du « 36 quai des orfèvres ».

- Et merde ! Putain de journaleux, fouille merde !

Nos trois jeunes policiers, d'humeur enthousiaste suite à la piste prometteuse du standardiste du 119, furent douchés par l'attitude de leur supérieur.

- J'espère que vous avez de bonnes nouvelles à me donner car les miennes sont mauvaises !

Arthur pris les devants comme à son habitude pour gagner les bonnes grâce de son commissaire et se lança dans l'explication de leur rencontre au CRIP de Bobigny.

- Effectivement, voilà une piste intéressante. Vous allez contacter rapidement ce Miguel. Quant à moi, je vais prévenir le procureur de la République pour l'informer de cette garde à vue et pouvoir interroger notre suspect sans contrainte.

Deux heures plus tard, Patrick avait devant lui un métisse de 32 ans. Légèrement bedonnant, l'air apeuré, il ne ressemblait pas à un tueur en série mais Patrick savait qu'il ne fallait pas se fier aux apparences.

- Raconte moi ta jeunesse petit.

- Quoi, mais pourquoi, j'ai rien fait moi. De quoi suis-je accusé ?

- Double homicide. Maintenant réponds avant que je ne m'énerve !

- Et mon avocat, je...

- Pas de problème, donne moi ses coordonnées je le préviens.

- Mais je n'en ai pas, mais …

- Dans ce cas tu pourras en avoir un désigné d'office. Je vois avec mes collègues pour qu'il le contacte. Mais l'interrogatoire commencera sans lui.

- Je … d'accord mais je croyais que...

- Tu veux m'apprendre mon métier petit morveux ?!

- Non bien sûr...

Après que notre commissaire ai nonchalamment quitté la pièce pour demander à Paula de prendre son temps pour demander la présence d'un avocat, il revint le visage fermé dans la salle d'interrogatoire.

- Alors, vas-y je t'écoute

- Je suis né à Montreuil, je suis le dernier d'une famille de trois enfants. Virginie et Louisa sont mes sœurs. On a été placé en famille d'accueil à mes cinq ans où je suis resté jusqu'à mes vingt ans. Maintenant, j'ai mon appart à Bobigny.

- Pourquoi t'as été placé en famille d'accueil ?

- Mes sœurs et moi, on a subit des violences de la part de notre paternel.

- Intéressant, quels genres de violences.

- Bah la totale, coups, insultes et caetera.

- Violences sexuelles ?

- Non ! Enfin pas moi, mes sœurs oui...

- Un fils de pute ton père quoi.

Patrick vit le visage de Miguel se durcir lorsqu'il confirma ce fait.

- C'est pour ça que j'ai fait des études dans le social. Je veux aider les enfants à sortir du carcan famillial quand les parents sont défaillants.

- Bravo, tu as bien réussi. Mais ce n'était sans doute pas suffisant cette aide que tu leur donnais avec ton métier.

- Non effectivement, j'aimerais devenir assistant social. Je suis des cours du soir pour évoluer.

- Je ne pensais pas à ça. La justice est longue et parfois injuste. Tu préfères régler les choses à ta manière de façon plus expéditive non ?

- Comment ça ?

- Tu veux que je te fasse un dessin ? Les deux victimes sont des pères de famille qui ont violé leur fille respective.

- Je ne vais pleurer sur leur sort mais pourquoi je serai le coupable ?

- C'est toi qui a reçu l'appel pour ces deux signalements, Emilie et Soumeya, ça ne te dit rien ?

- Je reçois tellement d'appels … malheureusement... Et moi je ne fais que synthétiser les dépositions et les transmettre aux services sociaux.

- Que faisais-tu la nuit du 12 au 13 septembre dernier ?

- Je … je ne sais pas, c'était il y a plus d'un mois. C'était quel jour ?

- Mardi 13 septembre. Et la nuit du mercredi 12 au 13 octobre ? C'était il n'y a pas si longtemps.

- Le mercredi soir, je vais chez mon pote Djamel. On regarde le foot. Il peut témoigner.

- Jusqu'à quelle heure ?

- En général, je rentre vers une heure du matin.

- Il habite où Djamel ?

- Bondy.

- On va vérifier ça.

A ce moment, Paula entra avec un jeune africain en costard cravate. Ce petit jeune de vingt-six ans était fraîchement diplômé comme avocat. Une mallette à la main, il se racla la gorge pour se donner du courage en expliquant qu'il représentait Monsieur Miguel Parto. Patrick ne put s'empêcher de sourire en voyant le petit bleu qui allait représenter Miguel. Il le croquerait tout cru facilement s'il le fallait.

- Très bien jeune homme. J'en ai fini pour le moment mais il va rester au chaud pour le bien de l'enquête.

- Il vous faut une requête signée du Procureur de la République pour le garder plus de vingt-quatre heures.

- T'inquiète pas jeune homme, j'ai le papier dans ma poche au chaud mais avant de te le montrer, regarde ces photos. Toi, Miguel peut-être que ces images te diront quelque chose...

Patrick claqua les deux photos montrant les visages des deux victimes avec leurs blessures caractéristiques aux yeux et oreilles. Cela suffit à faire taire les véhémences du jeunes avocats et à faire blêmir les deux jeunes hommes.

Alors que le commissaire allait sortir, Miguel l'interpella :

- Je ne sais pas si cela a un lien avec votre enquête mais j'ai déjà eu affaire à vos collègues pour Emilie et Yasmine. Maintenant cela me revient. C'était Emilie Delbof et Soumeya Messaoui.

- Comment ça des collègues ?

- Oui, une personne m'a appelé peu de temps après que j'ai reçu la première information préoccupante d'Emilie. Une policière de la brigade des mineurs.

- Un appel téléphonique ? Et vous lui avez dit quoi ?

- Elle m'a demandé si j'avais reçu récemment un appel concernant le viol de jeunes filles sur les villes de Pantin, Les Lilas, Bobigny ou Aubervilliers. Alors je lui ai parlé d'Emilie puis de Soumeya.

- Etrange ton histoire. Tu aurais le nom de cette policière ?

- Je … oui sur mon smartphone, j'ai ses coordonnées. Euh, je crois que c'est vous qui avez mon téléphone.

Agacé mais intrigué par cette révélation qui ressemblait vraiment à un gros mensonge, Patrick alla chercher le téléphone de Miguel et le lui donna. Ce dernier pianota nerveusement sur son appareil avant de s'exclamer :

- Voilà, Anne Gardener : 06 31 45 88 21 !

Patrick griffona sur son cahier ces coordonnées puis sortit, laissant Miguel et son avocat seul et sans plus d'explication sur la suite.

- Paula, appelle cette Anne Gardener pour voir si tu tombes sur quelqu'un d'intéressant et fait des recherche sur cette fliquette. Quant à moi, je vais aller voir ce Djamel.

    Une heure plus tard, Patrick était assis sur un pouf tellement bas qu'il se retrouvait avec les genoux sur son ventre bedonnant. Son vis à vis, un jeune maghrébin svelte et à l'allure sportive était nettement plus à l'aise assis en tailleur sur un tapis persan. Une table basse en teck où deux tasses de thé sentaient bon la menthe fraîche, séparait le commissaire de Djamel. La pièce, tout droit sortie d'une casbah Algérienne, était encombrée de vases, teintures orientales et mosaïques. Patrick ne se sentait pas vraiment à l'aise dans ce décor mais Djamel semblait coopératif. Il lui expliqua que Miguel était un ami d'enfance qui n'avait pas de secret pour lui. Malgré une enfance compliquée, son ami avait gardé un caractère bienveillant à la limite naïf ; il voulait aider le monde entier et espérait toujours évoluer dans son travail malgré toutes les difficultés inhérentes à son enfance mouvementée qui l'ont empêché d'étudier correctement. Petit à petit, grâce à sa volonté sans faille, il grimpait dans la hiérarchie administrative.

- C'est bien beau tout ça, pouvez-vous me confirmer que vous étiez avec lui la nuit du 11 au 12 octobre ?

- Euh, c'était un quel jour ?

- Mardi soir.

- Alors là non, on ne se voit que le mercredi, on est fan de foot tous les deux. Mais j'ai du mal à croire qu'il vous ai dit ça.

- Patrick fit semblant de consulter ses notes avant de répondre

- Ah non, vous avez raison, c'était mercredi 13 octobre, je dois commencer à vieillir.

Le commissaire fit semblant de plaisanter mais en réalité il fulminait que le jeune homme ne soit pas tombé dans son piège. Il débordait de gentillesse et de miellerie ce morveux, et cela avait le don de l'énerver au plus haut point. En plus, il lui a proposé un thé ! Comme si il avait une tête à boire le thé !

Après une conduite nerveuse le long de la Nationale 3, il parvint dans les petites ruelles de Bobigny pour se garer devant le commissariat. Encore énervé par son entrevue, il croisa Paula qui s'apprêtait à quitter les lieux. Il réalisa qu'elle avait encore perdu du poids et que ses joues étaient plus creusées que jamais. Cela mettait d'ailleurs en valeurs les énormes poches qui ne semblaient plus quitter les yeux de sa fille.

- Tu as pu appeler cette Anne ?

- Le numéro n'existe plus. Cétait une carte pré-payée. Impossible de remonter à sa source. Quant à cette Anne, elle est inconnue des services de la brigade des mineurs. Il t'a mené en bateau ton Miguel.

Elle lui avait répondu un peu sèchement et s'apprêtait déjà à sortir.

- Paula ?

- Ecoute, je suis fatiguée là, il faut que j'aille me reposer. En plus, j'ai rendez-vous à dix-huit heures chez ma psy.

- Justement, je voulais savoir comment tu allais. Tu nages encore plus que d'habitude dans ta veste en jean.

- Merci pour le compliment ! Je cours beaucoup en ce moment, car je me suis décidé à m'inscrire au marathon de Barcelone. Il faut que je me prépare.

- Ok, je vois mais tu devrais aussi prendre le temps de te reposer.

- C'est maintenant que tu t'inquiètes de ma santé ? C'est la meilleure ça !

Patrick n'insista pas. Il savait la tournure que prendrai cette conversation et il ne voulait pas se mettre en spectacle devant tous ses collègues.

Après tout, lui aussi, avait le droit de se reposer un peu. Il fallait qu'il mette de l'ordre dans ses idées car, même si l'enquête avançait, il avait la terrible sensation qu'à chaque fois, les pistes étaient des impasses.

Assis sur le tabouret de sa cuisine, le dos droit comme un I, Patrick grimaçait de douleurs devant une feuille de son fameux carnet griffonnée de lettres nerveuses et de flèches en tout sens. La séance assise sur le pouf de Djamel avait réveillé de vieilles douleurs aux lombaires. Il avala distraitement un deuxième cachet d'anti-inflammatoire avec un verre de Whisky. Le lieu semblait avoir une certaine importance ; à chaque fois, le canal de l'Ourcq noté sous les prénoms des deux victimes était le lieu des meurtres. Le motif du crime entouré en rouge et criblé de flèches était clair également : vengeance d'un père violeur. Le prénom « Miguel » était souligné deux fois et relié aux deux filles violées par leur père respectif assassiné. Se pouvait-il que, sortant de chez Djamel, il ait ensuite été tuer le père de Soumeya ? Pourtant, son ami l'avait dépeint comme une personne calme et non-violente. Il savait cependant qu'il ne fallait pas se fier aux apparences. Les plus grands psychopathes sont parfois des individus au delà de tout soupçon. Il sentait une torpeur l'envahir, sans doute dû au mélange anti-inflammatoire/alcool. Voulant se lever pour se mettre au lit, ses jambes en coton ne parvinrent pas à supporter sa carcasse proche du quintal, et il s'effondra sur le sol de sa cuisine.

Enfin quelqu'un qui s'occupe de ces pères vicieux !

Ouai, ces fils de pute doivent crever, il faut l'aider ce type qui leur fait ça, tous les crever avec les yeux et les oreilles cramés !

Pourquoi ce type ? c'est peut-être une meuf.

Tu vois une femme brûler les yeux et les oreilles d'un type qu'elle vient de tuer ?

D'après toi, pourquoi leur brûler les yeux et les oreilles ?

J'en sais rien, moi je préfèrerais leur couper la langue ou les couilles !

Je suis sérieux, à mon avis, c'est une nana qui a vécu des sévices sexuelles dans sa jeunesse, un peu comme l'héroïne dans la série Millenium

Tandis que Patrick peinait à se vautrer sur son lit après sa chute et que Paula s'éternisait dans sa douche emplie de buées bouillantes, Faudel lisait les différents posts concernant les meurtres sur son réseau social préféré. Au milieu de toutes les inepties qu'il lisait et le dégoûtaient, une petite idée commença à germer dans son esprit.

Le lendemain matin, sa traditionnelle gueule de bois l'accompagnait pour prendre pour tout petit-déjeuner un grand bol de café noir. Il se fit la remarque qu'il avait eu beaucoup de chance dans sa chute de la veille car, la seule conséquence était une douleur à l'épaule droite qui avait remplacé celle de ses lombaires.

Après avoir récupéré Paula et Faudel au commissariat, Patrick se dirigea vers Montreuil où les parents de Miguel vivaient. Tandis qu'ils patientaient en silence dans les embouteillages des autoroutes de banlieue, le commissaire luttait contre sa mémoire défaillante en repensant au nom de famille de Miguel. PARTO, ce nom lui évoquait quelque chose, oui mais quoi ? Impossible de s'en rappeler et cela l'énervait au plus haut point. Ca et cette douleur à l'épaule qui le gênait pour passer les vitesses dans cette fichue circulation. Première, seconde, première, seconde, point mort. Cela faisait déjà vingt minutes qu'ils avançaient au pas sur le fameux échangeur entre la A86 et la A3.

Ce n'est qu'une quarantaine de minutes plus tard que la vieille mégane se gara près de la cité de la Noue. Un beau soleil et une relative douceur accueillit nos trois policiers dans cette cité du 93 où se mélangeaient trafic de drogue et incivilité mais aussi des associations animées par des jeunes du quartier proposant des cours de rap et de street art. Toujours cette même ambiance de calme mêlée à une animation souterraine inquiétante par la présence de quelques jeunes encapuchonnés à l'allure nonchalante. Ceux là même qui virent arriver notre trio sentant la flicaille à plein nez. Ils les regardèrent pénétrer dans le hall tagué d'un des grand immeuble de 17 étages. Tonio, le père de Miguel, habitait au 8ème étage ce qui était une chance pour lui dans un jour comme aujourd'hui où les ascenseurs étaient en panne. Le visage rougit par l'effort et le souffle court, Patrick sonna à une porte blindée présentant les stigmates de multiples coups. Un homme d'une soixantaine d'années vint leur ouvrir. Les cheveux crépus hirsutes, le tee-shirt graisseux tendus pas un ventre bien trop bedonnant et le visage boursouflé par l'alcool et la mal bouffe, Tonio regarda avec incompréhension Patrick et ses deux acolytes.

Après de rapides présentations, L'hôte les laissa rentrer dans une salle à manger presque vide de mobilier. Seul un meuble bas supportant une belle télé 117 cm, une petite table avec deux chaises et un fauteuil orienté vers le bel écran encombrait la pièce d'une vingtaine de mètre carré. Heureusement que la météo était clémente car cela permis à Tonio d'ouvrir en grand les deux fenêtres de la salle à manger afin, d'une part d'y laisser pénétrer le soleil et d'autre part d'évacuer les odeurs nauséabondes, mélange de graisse trop cuite, de transpiration et de mauvais rhum qui emplissaient l'appartement.

- Commissaire GOMMIER, ce nom m'évoque quelque chose ?

- Effectivement, je me disais également que le nom PARTO me disait quelque chose.

- Promotion 84 !

- C'est ça ! Tonio, tu étais dans la même promo que moi à l'école de Police, cela me revient maintenant !

- Oui, tu te souviens, quel bon souvenir ! Tu te rappelles de Virginie? Une des seules représentantes féminines....

- Ah ça oui, comment pourrais-je l'oublier ...

- Hum, super vos retrouvailles, mais on n'est pas là pour ça !

Patrick, perdu dans ses souvenirs partagés, regarda le visage crispé de sa fille et dû bien admettre qu'elle avait raison. Cela n'était évidemment pas une bonne idée de parler de tout ça maintenant et surtout devant Paula.

- Bien oui. Nous enquêtons sur un double meurtre....

- Celui dont on parle sur twitter ? Le sauveur des filles soit disant agressées par leur père ?Qu'est ce que j'ai avoir avec ça moi ?

-Vous rien mais nous aimerions connaître l'enfance de votre fils Miguel.

- Miguel ! Alors là, vous faîtes fausse route, ce gosse n'est qu'une lavette ! Il ne supportait pas que je lui fiche une raclée quand il le méritait !

Paula prit la discussion en main, et d'une voix agressive demanda :

- Parlez moi de son enfance ?

Tonio chercha de l'aide dans le regard de son ancien ami mais ce dernier détourna les yeux.

- Eh bien comme vous devez sans doute le savoir, les services sociaux n'ont pas beaucoup apprécié l'éducation que nous donnions à nos enfants.

- « Nous » ? Vous incluez donc votre épouse ? Elle est présente aujourd'hui ?

- Nous sommes séparés depuis maintenant dix ans.

- Bien, parlez moi de cette éducation.

- J'imagine que vous avez dû lire les différents comptes rendus mensongers sur mon compte : violences physiques, incestes …. Mais tout ça est largement exagéré et puis j'ai payé le prix cher de ces accusations : j'ai été viré de la Police Nationale, j'ai perdu mes enfants et ma femme. Aujourd'hui, je vis seul et je gagne à peine le SMIC comme gardien de nuit chez Fed-ex.

- Je vois, pourquoi ne pensez vous pas que votre fils puisse être le tueur ?

- Il a toujours été pleurnichard. Certes, il voulait toujours défendre ses sœurs mais il en était incapable car il ne savait pas frapper pour faire mal.

- Cela fait combien de temps que vous n'avez pas vu Miguel ?

- Oh je ne sais plus exactement, trois ou quatre ans sans doute.

- Les gens changent vous savez avec le temps.

Tonio approuva tout en regardant Patrick. Il se souvenait d'un beau jeune homme arrogant à l'avenir prometteur, et il ne voyait qu'un homme, certe commissaire, mais visiblement vaincu par les épreuves de la vie.

- Miguel est notre suspect numéro 1. Même si son père pense qu'il n'aurait ni le cran ni le physique pour être meurtrier, son enfance avec cet enfoiré de paternel lui a donné tout le potentiel pour devenir ce serial killer.

- C'est possible, mais on n'a aucune preuve et ce n'est pas le seul à avoir eu une enfance traumatisante.

Faudel regarda sa partenaire qui avait le regard perdu sur le ciel bleu teinté de gris par la pollution. Dans ces moments où elle laissait sa détresse transparaître dans son attitude en laissant au placard sa hargne contre son père, il se prenait d'affection pour sa partenaire. Il aimerait pouvoir la prendre dans ses bras et simplement la réconforter. Elle lui semblait si seule et désemparée en cet instant.

Mardi 29 novembre

- Djamel ? Salut, entre je t'en prie.
- Merci Miguel, comment vas-tu ?
- Bien, et toi ? Je te sers un thé comme d'hab' ?
- Ouais merci. Comment ça se passe avec les flics ?
- Ces enfoirés pensent que je suis coupable je crois. Je t'avoue que je ne suis pas rassuré...
- Et tu l'es ?
- Quoi ? Coupable ? Bien sûr que non !
- Ok, ok. Cela dit quand je vois comment il est encensé sur twitter ce tueur, c'est plus un libérateur qu'un tueur. Je suis de ton côté tu sais.
- Tu me fous les j'tons sur ce coup là, on peut changer de discussion s'il te plaît.
- Ouais bien sûr, t'as raison.

Durant ce même début de soirée, Arthur était penché sur l'écran de son ordinateur dans la petite pièce qui lui faisait office de bureau. La lumière pâle d'un ciel blanc proche du crépuscule éclairait d'une lumière blafarde le visage poupin du jeune lieutenant. La petite ride entre ses sourcils prouvait qu'il était concentré sur sa lecture. En bon fonctionnaire, il obéissait aux ordres de son supérieur en continuant d'éplucher consciensieusement les différentes discussions des réseaux sociaux au sujet du sérial killer.

- Et si on formait un genre de club des défenseurs des enfants maltraîtés. Ils méritent que l'on s'occupe d'eux.

- Ouais, t'as raison, on pourrait s'organiser et ratisser les quartiers pour donner une bonne leçon à ces fils de pute de parents violents !

- Ouais, et notre tueur pourrait être notre chef. Lui, il a déjà de l'expérience, il pourrait nous rencarder pour les trouver.

- Mais vous êtes des grands malades, ce n'est pas un jeu ! Un meurtre, ça te marque à vie, il faut avoir une sérieuse raison

personnelle pour tuer ces enfoirés. Laissez la rendre justice toute seule et en assumer les risques.

- T'es qui toi pour nous parler comme ça ?

- Rien, personne ! Oubliez moi et par la même occasion oubliez vos conneries !

- Pour qui il se prend celui là, retourne jouer aux châteaux de sable dans ton monde de Bisounours.

- Lâche l'affaire, si ça s'trouve c'est un gosse.

Cette discussion attira particulièrement l'attention d'Arthur et il décida de creuser cette piste en demandant aux informaticiens d'essayer de remonter aux identités de ces personnes.

Mercredi 30 novembre

    Patrick salua la fliquette à l'accueil puis se dirigea directement en salle de réunion. La jeune gardienne de la paix, au visage sévère renforcé par des cheveux bruns tirés en arrière pour former un chignon, lui répondit poliment mais son regard trahissait un certain mépris pour ce commissaire à l'allure négligée et dont on disait qu'il préférait le whisky à sa fille. Certains anciens racontaient même qu'il aurait tué sa femme dans un accident de voiture ce qui expliquait pourquoi sa fille semblait anoréxique et dépressive. Evidemment ce n'était que des bruits de couloir mais, connaissant le père et la fille, cela ne serait pas surprenant.

    - Arthur, tu as avancé dans tes recherches ?

    - Pas vraiment, il y a tout un tas de tarés qui veulent jouer aux vengeurs masqués mais difficile de trouver là dedans le profil de notre tueur. Je continue mes recherches et vous tiens informé si j'ai une piste sérieuse.

Faudel, toujours plus observateur que loquace, remarqua que son collègue avait le regard un peu fuyant ce qui l'intrigua un moment. Il fut rapidement distrait par la suite de la discussion.

- Miguel est toujours notre suspect numéro 1 c'est pourquoi j'ai décidé de mettre une équipe devant son immeuble tous les soirs. Paula et Faudel, vous êtes désignés pour assurer ce rôle de ce soir jusqu'à dimanche soir. Cela fait déjà plus d'un mois qu'il n'y a pas eu de nouveau meurtre, à mon avis, il attend que ça se tasse un peu mais il va bientôt récidiver et on le cueillera en flagrant délit.

- Et si c'est pas lui, on ne va quand même pas mobiliser toutes nos forces sur ce type sans être sûr.

- T'as une autre idée ? … Non, donc tu obéis ! Il rentre du boulot vers19h donc vous serez devant chez lui de 18h30 à 2 heures du matin. Les deux premiers meurtres ont eu lieu en début de nuit. Du coup, vous avez vos matinées de libre.

- Trop sympa !

Faudel ne put réprimer une grimace à cette perspective car il tenait à ses entraînements de boxe du mercredi et vendredi soir. Cela n'échappa pas à Paula qui lui demanda de manière sarcastique :

- Tu n'es pas content de passer tes soirées avec moi Faudel ?

- Si bien sûr, enfin, je veux dire, on forme une bonne équipe mais j'ai boxe le mercredi et le vendredi.

- Fallais pas choisir ce boulot si tu voulais te la couler douce avec des horaires de bureau !

Notre jeune lieutenant réprima un soupir en regardant son supérieur prendre une allure menaçante devant lui. Décidement ce n'était pas sa journée aujourd'hui. Déjà en venant, un automobiliste avait faillit l'écraser alors qu'il était sur sa piste cyclable puis l'avait copieusement insulté.

Samia rentrait seule chez elle à 23 heures tous les soirs ; après une journée à la fac de Bobigny où elle étudiait en STAPS, elle devait encore travailler chez Mc Do pour subvenir à ses besoins. Malgré plusieurs aides sociales, elle peinait à joindre les deux bouts mais elle savait qu'il ne lui restait plus qu'une année de galère. Ensuite, elle pourrait enfin passer le concours de professeur d'EPS. Studieuse et engagée dans le milieu associatif de la gymnastique, elle pensait bien avoir toutes ses chances. Malgré un physique athlétique, elle avait toujours un peu peur lorsqu'elle rentrait en soirée comme aujourd'hui. C'est pourquoi, elle passa à vive allure devant une twingo grise où elle remarqua un couple en pleine discussion. Un homme d'une trentaine d'année en profita pour l'accoster :

- Tu vas où comme ça ma belle ?

- Nulle part, bonne soirée.

Elle avait l'habitude de ce type de mec et la plupart du temps, une réponse courte et un peu sèche suffisait à clôre la conversation. Pourtant, cette fois-ci l'homme la retint par la manche et glissa une main sur ses fesses. La réaction fut épidermique et rapide : la gifle qu'elle lui envoya claqua sèchement. Une lueur mauvaise s'alluma dans le regard du pervers et plutôt que de relâcher son étreinte, il la prit par les épaules pour la forcer à le suivre. Elle tenta de se dégager en vain, l'assaillant était bien trop costaud même si son physique était loin d'être sportif. Elle allait appeler à l'aide lorsque la femme qui était dans la twingo s'interposa et, sans même vouloir parlementer, envoya un coup de genou dans l'entre-jambe de l'agresseur. Ce dernier se plia en deux de douleur et de surprise. Paula en profita pour s'enfuir en courant avec Samia. Au tournant d'une ruelle, elles s'arrêtèrent essouflées et prudemment, vérifièrent qu'elles n'étaient pas suivies.

- Merci beaucoup !

- Ce n'est rien. Tu devrais avoir un moyen pour te protéger, un spray anti-agression par exemple.

- Oui, c'est vrai, je vais y penser. Encore merci, je peux faire quelque chose pour toi en retour ?

- Non, prends soin de toi et ne te laisse pas faire par ce genre de type !

Samia se souviendra de cette femme à l'allure dynamique mais au visage fatigué et émascié qui lui avait peut-être évité un viol.

De retour dans son véhicule, Paula vit son collègue la regarder fixement sans rien dire.

- Qu'est ce qu'il y a ? Tu n'aurais pas voulu la laisser se faire violer sans réagir ?

- Non évidemment, cela dit on se doit de rester discret, je te rappelle que l'on est en planque.

- Evidemment je le sais bien. D'ailleurs, on se les caille tous les deux et franchement on pourrait se relayer pour ce que l'on fait. Comme ça, toi tu pourrais aller à la boxe vendredi et moi courir demain par exemple.

- Je ne sais pas, imagine qu'il faille suivre Miguel et qu'il soit le tueur...

- On garde notre téléphone à proximité et on se préviendra rapidement.

- Et moi, je suis en planque sur mon vélo ?

- Ah oui, c'est vrai. Eh bien, je te laisserai ma voiture.

- Ok, c'est vrai que même si je suis content de partager un menu Mc Do avec toi dans cette magnifique voiture, je serai quand même mieux au chaud chez moi. A partir de demain, on se relaît alors ? Jeudi, je fais 18h30-23h et toi 23h-2h et on inverse le jour suivant. Ca te va ?

- Ca marche !

Dimanche 4 décembre 23 heures

Emmitouflé dans sa grosse parka noire, Faudel attacha son vélo à un lampadaire et se glissa rapidement dans la voiture de Paula. Cette dernière serrait dans ses mains son thermos de café. Elle était également chaudement vêtue. A l'extérieur la température frisait le zéro dégré et l'humidité de l'air frigorifiait les quelques passants. Alors que Paula s'apprêtait à abandonner son partenaire à son triste sort, elle vit Miguel sortir de chez lui. Elle stoppa son geste pour ouvrir la portière et le montra du doigt.

Miguel marchait d'un bon pas en direction du métro. Oubliant la météo maussade, les deux flics le suivirent à bonne distance car les rues étaient presque désertes. Ils allèrent ainsi jusqu'au quai où ils tentèrent de masquer tant bien que mal leur visage. Faudel ne retira pas sa capuche et Paula enfonça son bonnet jusqu'au bas de son front. Heureusement, le métro était à quai et Miguel s'y engoufra. Les deux policiers choisirent la rame suivante. Une sirène annonça la fermeture imminente des portes. Arrêt Raymond Queneau, Miguel ne bougea pas. Paula guettait le quai et vit un jeune maghrébin entrer dans la rame de Miguel. Le quai et le métro étaient étonnement vides. En même temps, mieux valait rester au chaud chez soi à regarder un navet à la télé en ce dimanhe soir plutôt que sortir avec ce temps excécrable.

Eglise de Pantin : notre fugitif accompagné du jeune maghrébin descendirent puis se dirigèrent rapidement vers la sortie. Faudel et Paula patientèrent jusqu'à l'iminence de la fermeture des portes pour sortir également. En sortant de la bouche de métro, ils eurent tout juste le temps d'apercevoir deux ombres bifurquer vers le mail Charles de Gaulle. La voie piètonne était complèment déserte et il ne fut pas difficile pour eux de les suivre à distance. Rapidement, Miguel et son pote Djamel entrèrent dans un petit immeuble.

- Merde, on les a perdu !

- Chut ! Ils n'ont pas pris l'ascenseur, et cette porte doit mener aux caves ou parking.

Doucement, Faudel ouvrit la porte et commença à descendre l'escalier qui menait effectivement au parking. Ne préférant pas allumer la lumière, il s'éclaira avec son portable qui lui permit de distinguer dans la faible lumière bleutée de son smartphone, une porte donnant accès au parking. Il l'entrebailla pour entendre une discussion agitée entre plusieurs personnes.

- On va s'organiser en meutes. Miguel fournira toutes les infos pour débusquer un fils de pute de pères violeurs à chaque groupe et ensuite à vous de jouer.

- Alors c'est toi Miguel, le sauveur des filles maltraîtées. C'est trop bien, on va t'aider mec à tous les buter !

- Attention, Miguel n'a jamais dit que c'était lui, simplement il peut vous fournir les adresses et toutes les infos pour choper les violeurs d'enfants.

Miguel, qui n'avait pas ouvert la bouche depuis le début de la discussion, recula d'un pas, mis les mains dans ses poches et son visage se ferma.

- Eh, cool mec, on n'est pas des flics nous ! On trouve ça super courageux de ta part de faire ça.

A ce moment, Faudel qui tenait entrebaillé la porte d'une main, laissa échapper son téléphone de son autre main. Le bruit alerta immédiatement le petit groupe hétéroclite des huit vengeurs. Sans hésiter, Paula ouvrit violemment la porte et cria « Police, personne ne bouge ». Cela eut pour effet de faire détaler les huit hommes. Faudel choisit l'individu qui avait parlé en dernier. Il lui tomba rapidement dessus et le menotta. Quant à Paula, elle sprinta vers celui qui lui semblait être le leader à savoir Djamel. Ce dernier slalomma entre les voitures stationnées où il disparut de la vue de l'inspectrice. Paula s'arrêta guettant le moindre mouvement ou le moindre bruit. Un léger cliqueti l'orienta vers sa gauche. Elle se dirigea dans cette direction en se baissant prudemment. Alors qu'elle tentait de discerner une ombre dans l'obscurité, elle entendit le bruit d'un moteur, elle eut à peine le temps de tourner la tête et de se jeter contre une voiture, qu'un véhicule se dirigea en trombe vers la sortie. La voiture, un beau SUV flambant neuf, percuta violemment le portail en aluminium, et la voiture disparut dans un bruit de tole froissée et de crissement de pneu.

- Nom, prénom, âge, situation matrimoniale, adresse, profession !
- Arnaud Toulet, 32 ans, célibataire, 14 rue Lénine, Bagnolet, informaticien.
- Alors comme ça tu veux jouer au vengeur masqué !
- On voulait juste faire peur aux pères violeurs pour aider des petites filles.
- Les buter, tu veux dire ! Cela s'appelle un assassinat car il y a préméditation, tu vas en prendre pour 20 ans minimum ! Et en prison, ce ne sont pas les petites filles qui se font violer mais des types comme toi !
- Mais je n'ai tué personne !
- J'espère bien pour toi ! On va vérifier que tu n'es pas le meurtrier que l'on recherche.
- Mais non, ce n'est pas moi, c'est Miguel !
- On verra ça, on va te laisser en garde à vue pour cette nuit et on se revoit demain. Moi, je vais rentrer tranquillement chez moi pour une bonne nuit de sommeil méritée !

Paula sortit en claquant la porte. L'adrénaline n'était pas encore redescendue et elle savait qu'ils avaient merdé. Elle n'a même pas pu en vouloir à son père quand ce dernier les a vertement qualifié d'amateur et de putain de flic de merde. En se mettant au volant de sa voiture, elle regarda ses mains tremblées sur le volant. Elle repensa aux conseils de sa psy, mis une main sur son ventre et commença à débuter sa séance de respiration : j'inspire 1,2,3, je bloque 1,2,3, j'expire 1,2,3, je bloque 1,2,3 …. Au bout de 10 minutes, elle ouvrit les yeux et tranquillement elle rentra chez elle. Elle se cuisina un plat de pâte qu'elle mangea avec un peu de gruyère. Rien de bien réconfortant mais à quatre heures du matin elle n'en avait rien à faire. Epuisée, elle se mit en sous-vêtements et s'écroula dans son lit. Si elle avait partagé son lit avec quelqu'un, ce qui n'était pas souvent arrivé, il aurait été impressionné par le visage empli de douleurs et d'angoisse de la jeune femme plongée dans son sommeil paradoxal. Lorsqu'elle se réveilla à 8 heures par une mauvaise sensation de froid humide, elle était trempée de sueur, les jambes empétrés dans une couette et un drap froissé et humide de transpiration. Péniblement, elle se traîna jusqu'à sa douche pour tenter de se réveiller.

Vingt minutes plus tard, elle avala un café tout en mangeant des biscuits au blé complet que lui avait conseillé un coach sportif pour sa préparation marathon et c'est à 9 heures qu'elle entra dans la salle de réunion du commissariat où l'attendait Faudel, Arthur et Patrick avec sa tête des mauvais jours.

- Bien maintenant que nous sommes au complet, on va enfin pouvoir agir pour retrouver Miguel et Djamel que notre super binôme a laissé filer.

- N'empêche que l'on a quand même surpris en flagrant délit ces abrutis en train de comploter pour tuer de nouveaux pères violeurs. Cela dit, rien ne prouve que Miguel ou un autre de ces justiciers soient le tueur. Miguel n'a absolument pas avoué être le meurtrier alors que les autres le considèrent comme un héros.

- Evidemment, il ne voulait pas avouer ses crimes au cas où l'un d'entre eux irait le dénoncer. Il n'est pas idiot ! Pendant que tu faisais ta grasse matinée, j'ai récupéré l'adresse des deux sœurs et de sa mère. Ils sont peut-être partis chez elle se mettre au vert. Du coup, Arthur et moi on va rendre visite aux sœurs qui habitent Saint Denis pendant que vous irez voir la mère qui habite Montereau.

- C'est où ce bled ?

- Au fin fond de la Seine et Marne, près de Melun. Vous aurez le temps de méditer sur votre connerie d'hier soir ensemble.

Faudel et sa collègue préférèrent faire profil bas et, après avoir récupéré l'adresse, quittèrent le commissariat sans un mot.

Après avoir rejoint l'autoroute A104, la petite twingo fila vers le sud Seine et Marne. Les cités et la frénésie des rues du 93, laissèrent la place aux énormes centres commerciaux et aux champs cultivés entrecoupés de belles forêts. Faudel, fidèle à son tempérament contemplatif, profitait de la sérénité des lieux en se demandant s'il pourrait être heureux dans cet environnement tellement différent du sien. Certes, la nature était belle et tranquille, bien plus que le béton et le trafic incessant des routes de Seine Saint Denis. Mais il aimait l'agitation de sa banlieue, la mixité des cultures et des couleurs qui entraînaient souvent des conflits mais qui voyaient également naître la fraternité et l'entraide. Il était fier de faire partie de cette population qui se battait pour valoriser ce qui semblait, vue de l'extérieur, indéfendable. Ces femmes qui s'unissaient pour faire fuir les dealers, ces éducateurs qui ne comptaient pas leur effort et leur temps pour aider les jeunes à sortir des stéréotypes des caïds des cités, ses entraîneurs qui profitaient de l'enseignement de la boxe pour enseigner des valeurs de respect de l'autre et des règles, ses enfants qui, malgré des conditions difficiles à la maison, essayaient d'étudier pour réaliser leur rêves grâce à ses enseignants qui croyaient encore en l'ascenseur social grâce à l'école.

- Sympa comme bled !

Paula sortit Faudel de ses rêveries et il réalisa qu'il était garé le long d'une rivière appelée l'Yonne. Le cadre était plutôt bucolique, et après quelques minutes de marche, ils débouchèrent sur une petite place à l'ombre d'une belle église.

- Relaxation, massage. Voilà où habite et travaille la mère de Miguel. Ce n'est pas surprenant qu'elle se soit lancé dans cette branche avec cet enfoiré de mari.

Ils entrèrent dans la boutique qui sentait bon l'encens et dont la décoration, rappelant le boudhisme, mettait à l'aise. Une femme d'un certain âge les accueillit avec le sourire même si on pouvait également y déceler une pointe de méfiance.

- Bonjour Monsieur, dame, que puis-je pour vous ?

- Police Nationale, nous souhaiterions vous poser quelques questions.

- Bien sur, mais revenez à midi s'il vous plaît, je ne peux pas me permettre de fermer ma boutique.

- Bien sûr madame, à tout à l'heure.

Paula se dirigea vers la sortie sous l'oeil circonspect de son collègue. Une fois attablés dans un bar qui jouxtait la boutique et la tasse d'un expresso dans les mains, Faudel demanda si elle n'avait pas peur que son fils n'en profite pour quitter les lieux s'il s'était réfugié chez sa mère.

- Evidemment, d'après toi pourquoi j'ai choisi cette table près de la porte avec vue sur le domicile de la maman. S'ils sont là et qu'ils tentent de s'échapper on ne pourra pas les rater.

- Bien vu !

Ils n'attendirent pas plus de vingt minutes : Djamel et Miguel sortirent prudemment du salon de bien-être et passèrent devant le bistrot. Ils eurent à peine le temps de réagir, que Faudel leur bloqua le chemin tandis que Paula les tenait en joue.

Vendredi 9 décembre

Patrick rentra chez lui après une journée déprimante. Une bruine glaciale imprégnait sa veste en cuir élimée et son jean qui n'avait pas vu une machine à laver depuis près de quinze jours.

Ils avaient certes arrêté Miguel qui était sans l'ombre d'un doute le criminel recherché mais il n'avait toujours pas avoué. Pire que ça, il avait dû se mettre d'accord avec son pote Djamel pour raconter les mêmes bobards car, malgré des interrogatoires séparés épuisants, les suspects s'en tenaient toujours à la même version des faits l'un comme l'autre. Ils avaient reconnu être les responsables de la création de la brigade anti-violeur comme ils l'appelaient mais s'entêtaient à affirmer qu'ils n'avaient pas eu le temps de passer à l'action à cause de l'intervention de ses lieutenants.

Pour couronner le tout, le Préfet lui avait laissé une dernière échéance d'une petite semaine pour clore cette affaire.

Pendant ce temps, Paula enchaînait les kilomètres d'une foulée amples et souples sur la piste cyclable du canal de l'Ourcq. La bruine masquait les larmes qui coulaient sur son visage. La dernière visite chez sa psychologue avait été particulièrement pénible. Les séances d'hypnoses avaient plongé la jeune femme dans un monde flou et angoissant. Elle se voyait petite dans une chambre qui pourrait être celle de son enfance avec un profond sentiment d'angoisse et de détresse mais elle ne parvenait toujours pas à en comprendre les raisons. La fin de séance avait été extrèmement frustrante car elle savait que l'essentiel lui échappait.

Tandis que Paula épuisait son corps pour soulager son esprit, Faudel enchaînait les séries de corde à sauter et de « droite/droite/gauche » sur le punching-ball. Lui aussi transpirait pour évacuer le stress de la semaine. Il n'arrivait pas à se changer les idées. La sensation de faire fausse route avec Miguel et de voir sa collègue s'enfoncer toujours plus profondément dans la déprime l'obsédaient. Il avait la sensation qu'un lien existait entre les deux mais il ne parvenait pas à l'exprimer et cela le frustrait également.

Arthur, qui n'était pas sportif du tout, était toujours penché sur son ordinateur à suivre les discussions sur les réseaux concernant l'affaire. Cependant, le sujet semblait se tarir petit à petit. Il se lassa rapidement de ses recherches infructueuses et appela Emma, sa petite amie depuis quinze jours, pour lui proposer un resto japonais près de chez lui. Avec un peu de chance cette soirée serait la bonne pour concrétiser leur relation qui, jusqu'à maintenant, était restée platonique à son plus grand désarroi.

Mercredi 21 décembre

Tandis que le jour se levait sur un pâle soleil d'hiver et que le froid semblait immobiliser la banlieue parisienne, une silhouette pénétra dans un hangar désaffecté d'Aubervilliers. Bien que prudente, l'ombre, dont il était impossible de distinguer le visage recouvert d'une large capuche, se mouvait sans hésitation et avec souplesse à travers la petite ouverture du grillage qui entourait le bâtiment. Il y eut bien Ahmed, un jeune ouvrier arrivant dans l'entreprise de transport voisine pour une journée éprouvante de manutention dans cette société qui fonctionnait vingt-quatre heures sur vingt-quatre. Avec le développement des achats en ligne et les concurrences déloyales des GAFA tel qu'Amazon, toutes les entreprises de transport avaient dû revoir les conditions de travail de leurs salariés en automatisant et optimisant le transit des marchandises de l'entrepôt au camion et vice versa. Le résultat de cette contrainte est une pénibilité accrue du travail pour les manutentionnaires qui, usés ou découragés par ces conditions, changeaient régulièrement de job. Et vive la précarité pour pouvoir livrer le dernier smartphone à son garçon de huit ans dans un délai de vingt-quatre heures.

- Ca pue, tu t'es chié dessus ou quoi ?!
…
- Tu ne peux plus me répondre, tu as soif ou faim peut-être ?
- Tuez moi...
- Quoi, parle plus fort bon sang ! Tu avais plus fier allure avant !
- D'où tu me connais ? Qu'est ce que je t'ai fait pour mériter ça ?
- Tu le sauras bientôt, quand tu seras à point.
- A point pourquoi ?
- Pour avouer tes crimes !
- Je vais bientôt mourir de soif, je crois que je dois être à point pour avouer tout ce que tu voudras.

Le prisonnier entendit des cliquetis sur les parois rouillées de sa prison avant de voir apparaître une paille metallique d'un trou percé à cet usage. Malgré les douleurs intolérables de tous les membres de son corps engourdis par le temps passé dans ce trop petit fût pour un corps d'un mètre quatre-vingt et proche du quintal, il tendit sa bouche pour aspirer une eau fraîche salvatrice. Il se mit à tousser tellement ses lèvres et son larynx étaient desséchés. Après avoir repris sa respiration, il s'hydrata goulûment, remerciant presque son geolier.

- Tu ne te souviens même pas des horreurs que tu as faites, pourriture ! Mais avec le temps la mémoire te reviendra. Pour cela, je dois te tenir en vie encore quelques jours. Seul un choc émotionnel fort ou des conditions intolérables de vie peuvent t'aider à te souvenir. Alors, tu auras le droit de mourir...

- Ce serait plus simple de me rappeler ce que je t'ai fait. Cela m'aidera sans doute à retrouver la mémoire.

- Tais-tois ! Tu ne sais pas de quoi tu parles ! Je suis comme Emilie, Souméya et Sandra que j'ai libérées.

Le pauvre homme essayait tant bien que mal de faire fonctionner son cerveau pour se souvenir ce qu'évoquait pour lui ces prénoms. Il savait qu'il les avait déjà entendus mais les différentes souffrances associées à l'hypoglycémie le laissaient dans un tel état de létargie qu'il ne parvint plus à maintenir ses idées en place et sombra dans un sommeil profond.

Jeudi 15 décembre

Faudel dormait profondément quand son téléphone le réveilla en sursaut. La veille il était sortit sur Paris avec des potes du lycée et n'était rentré que tard dans la nuit. Il avait besoin de décomprésser du boulot où l'ambiance était vraiment pesante avec sa coéquipière qui avait beaucoup de mal à décrocher de l'enquête des pères violeurs comme ils l'appelaient maintenant plus de trois mois après le premier meurtre. La seule avancée qu'ils avaient fait c'était bien cela : le mobile. Il était maintenant évident qu'un vengeur masqué s'en prenait à des auteurs d'inceste. Pour le reste, rien de concret ne leur permettait d'avancer. Même pas ces indices que le meurtrier avait volontairement laissé. Ces feuilles avec des images pixélisées.

- Faut qu'tu viennes tout de suite !
- Quoi ? Où, qui ?
- Tu dors encore ou quoi ?!
- Mais il est … il est sept heures ! Merde, j'ai pas entendu le réveil !

- Bouge ton cul, on a un macchabé sur le dos et visiblement c'est encore notre vengeur masqué qui a frappé. On se retrouve à Bondy, le long du canal derrière Conforama.

Une dizaine de minutes plus tard, emmitouflé dans sa parka, Faudel pédalait comme il pouvait sur la piste cyclable longeant le canal de l'Ourcq. Quel foutu métier, songea-t-il, j'en ai marre de me geler les fesses sur ce vélo pour un nouveau meurtre. Je mettrai ma main à couper qu'il a les oreilles et les yeux brûlés à l'acide et que ce salopard a violé sa fille. Finalement, notre vengeur masqué, on devrait le laisser tranquille.

Effectivement, arrivé dans une zone désaffectée située derrière un bâtiment commercial, notre jeune inspecteur retrouva sa collègue accroupie devant la victime portant les stigmates prévus. Elle tenait dans la main une feuille sur laquelle, comme notre Faudel désabusé s'en était douté, figurait une image grossièrement pixélisée.

- On va refiler ce papier à nos techniciens, ils finiront peut-être par identifier ce que représente ce puzzle.

- Mouais, qui ne tente rien n'a rien...

- Eh ben, quelle motivation ! Je te fais le topo de ce troisième meurtre quand même ?

- Evidemment, je suis tout ouïe !

- Aurélien DA COTA, 42 ans, vivant en concubinage avec Virginie DANIER et beau-père d'une petite fille de 8 ans, Sandra. J'ai déjà prévenu la mère et pris rendez-vous avec elle, cet après-midi à 15 heures.

- Tu as pris l'initiative toute seule, sans l'assentiment de ton paternel ?

- Patrick est dans tout ses états, ils ont missionné un keuf de la Brigade Criminelle de Paris ; le préfet estime que cela dépasse les compétences d'un BC de Bobigny !

- Et il a bien raison, le préfet !

- Peut-être mais il est hors de question que l'on me prenne mon enquête !

- Ton enquête ?

- Enfin, notre enquête je voulais dire évidemment....

Faudel observa attentivement sa collègue pendant qu'elle parlait avec les agents présents pour délimiter un espace interdit au public et recueillir d'éventuels indices sur l'agresseur. Son teint était de plus en plus blafard, ses yeux, pourtant d'un beau vert, étaient dissimulés par des cernes qui noircissaient son visage de plus en plus émascié. Son corps se noyait dans des vêtements trop larges masquant les formes pourtant avantageuses de sa collègue. Il eut un pincement au cœur en réalisant à quel point elle était l'ombre d'elle même. La tristesse qu'il en éprouva lui fit comprendre à quel point il s'était attaché à cette jeune lieutenant au caractère parfois difficile mais tellement adorable par sa spontanéité et son besoin d'aider les plus faibles. Il était temps que des collègues plus aguerris s'occupent de cette enquête qui consumait littéralement Paula.

- Paula, ça te dit que l'on mange ensemble ce midi. Je t'invite !

Paula se redressa et regarda d'un air amusé son collègue.

- Tu ne serais pas en train de me proposer un rencard quand même ?

Faudel bafouilla un « non » peu convaincant, prétextant l'interdiction de flirter avec son collègue, mais le petit teint rosé de ses joues trahirent son embarras ce qui eu pour effet de réchauffer le cœur de Paula.

- Avec plaisir Faudel, mais ne m'emmène pas au Mc Do !

C'est ainsi que notre binôme se retrouva au Burger King de Rosny 2, à deux pas du domicile de la victime.

Attablée dans le restaurant surchargé d'adolescents préférant le fast food à la cantine scolaire et de jeunes adultes s'octroyant une pause déjeuner en dehors de leur entreprise, Paula semblait plus détendue dans ce moment en marge de l'enquête avec son collègue qu'elle appréciait de plus en plus.

- Alors Paula, pas trop éprouvant ta préparation pour le marathon de Barcelone ?

- Si évidemment, je cours quatre fois par semaine avec des sorties de plus de deux heures le week-end. Mercredi prochain par exemple, j'ai une séance difficiles de 3X2000 mètres à faire. On appelle ça du fractionné.

- Oui, je connais. En boxe, on a également des séances de fractionné mais plus en circuit training de type une minute/une minute. C'est moins évidemment, un combat de boxe ne dure pas trois heures. Et tu espères quel chrono ?

- Déjà d'être finisheuse. Ensuite, je m'entraîne pour trois heures quarante-cinq.

- Pour un premier, ce serait déjà un beau temps je crois.

- Oui, une allure d'environ onze kilomètres par heure.

- On pourrait courir ensemble une fois de temps en temps ?

- Pourquoi pas, mais tu risques de cracher les poumons pour me suivre ! Je plaisante évidemment. Et toi, comment en es-tu venu à la boxe ?

- Naturellement. Un maghrébin dans une cité du neuf-trois qui aime le sport essaie très souvent ce sport. Je déteste la violence et me battre, mais j'adore la boxe. Cela peut paraître paradoxale mais pas du tout en réalité. En effet, en boxe on apprend à respecter nos adversaires et à prendre des coups sans en éprouver du ressentiment ou de la haine pour l'auteur des coups. Et puis les règles sont strictes.

- Je comprends. Je peux te poser une question indiscrète ?

- Essaie toujours on verra.

- Comment cela se fait-il que tu fasses le ramadan mais que tu bois de l'alcool et mange du porc ?

- Hum, je vois que tu as fais ta petite enquête sur moi...

- Non, c'est pas ça mais...

- T'inquiète pas je plaisante. Je suis musulman comme certains se disent catholiques. C'est à dire que je crois en dieu mais que, à notre époque et ici en France, je trouve un peu ridicule ces histoires d'alcool et de porc.

- Comment ça ?

- Par exemple, l'interdiction du porc vient du fait que l'on considère que cet animal porte en lui différents agents pathogènes comme des bactéries et virus. Mais pour moi, aujourd'hui chez nous, ce n'est plus d'actualité. Quant au ramadan, je le fais un peu pour respecter les convictions de ma famille et aussi car le jeun permet de comprendre un peu mieux la situation des plus démunis.

- D'accord je comprends mieux. Merci pour …

Paula ne prit pas le temps de terminer sa phrase. Son smartphone avait entamé les premiers riffs de Highway to Hell d'ACDC. Elle décrocha immédiatement et son visage, un instant plus tôt souriant et ouvert, se referma et une ride profonde creusa son front dégagé. Faudel maudit cet appel. Il était tellement heureux de ce petit moment volé où une complicité s'était créé entre eux et où il avait cru retrouver la Paula d'avant.

Après quelques formules de politesse au ton forcé, Paula raccrocha et expliqua à son partenaire qu'ils étaient attendus tous les deux et avec Patrick à la Brigade Criminelle de Paris. Elle dut rappeler la veuve d'Aurélien pour décaler son rendez-vous en fin d'après-midi.

La petite twingo de Paula slalomait rageusement entre les voitures de la A3 pour ensuite s'engager sur le périphérique au niveau de la porte de Bagnolet. Evidemment, ce parcours était jalonné de ralentissements qui provoquaient irrémédiablement des injures et autres jérémiades de la part de la conductrice, tandis que Faudel regardait le paysage défilé de manière beaucoup plus contemplatif. Il observait les immeubles que longeaient l'autoroute et le périph' malgré quelques murs anti-bruit censés diminuer les nuisances sonores des riverains. Mais les différentes études prouvaient que leur efficacité étaient très discutables. Finalement, après une quarantaine de minutes, nos jeunes inspecteurs sortirent porte de Clichy et rapidemment se trouvèrent devant l'imposant immeuble de la DRPJ qui avait remplacé le fameux 36 quais des orfèvres en 2017. Le bâtiment dont la facade semblait être composée uniquement d'immenses vitres noires était austère mais en imposait. Un peu intimidé, ils entrèrent dans un hall spacieux où on leur indiqua le lieu de la réunion. En entrant dans la pièce, Paula et Faudel reconnurent le Préfet ainsi que leur commissaire qui se rongeait les ongles. A côté du Préfet, un grand gaillard costaud et à la machoire proéminente mastiquait nerveusement un chewing-gum ainsi qu'un collègue à la carrure moins imposante mais vêtu d'un costard qui en imposait.

- Ah enfin, voici nos deux jeunes inspecteurs !

Voici comment ils furent accueillit par le Préfet.

- Je vous présente Monsieur GARMINI, commissaire à la DRPJ de Paris ainsi que l'inspecteur COURTIER.

En réponse, Faudel et Paula bafouillèrent un timide « Bonjour Monsieur le Préfet, enchanté Messieurs. »

Prenant rapidement les choses en main, le Préfet leur expliqua que l'inspecteur COURTIER était à présent responsable de l'enquête et que nos deux policiers séquano-dyonisiens travailleraient sous ses ordres. Faudel, toujours observateur, ne réagit pas à cette annonce mais vit la lèvre inférieure de son supérieur frémir de dépit et de rage. Les mains crispées sur les accoudoirs de son sièges trahissaient également la tension intérieure qui règnait dans l'esprit du commissaire GOMMIER. Quant à Paula, elle avait un air plus détaché que son père. Finalement, elle pourrait continuer son enquête et elle n'aurait pas à subir les frasques de son père.

A la fin de la réunion, le visage fermé, le commissaire quitta la pièce le premier, ne prenant même pas la peine de serrer la main du préfet, ce qui n'arrangerait pas ses relations avec sa hiérarchie. Quant à nos deux jeunes inspecteurs, ils prirent le temps de faire connaissance avec Paul COURTIER, l'archétype du flic dynamique, performant et ayant une haute estime de lui-même.

- Salut, bon vous allez me faire un topo de la situation et ensuite on passe à l'action, ok ?

Paula lui résuma donc l'enquête en rappelant les différents meurtres et le lien évident avec la maltraitance des victimes vis à vis de leur jeune enfant. Elle expliqua que Miguel PARTO semblait être le point commun reliant les différentes Informations préoccupantes des jeunes filles. Elle rappela qu'ils avaient du libérer Miguel et Djamel il y a trois jours car la garde à vue arrivait à son terme et ils n'avaient pas suffisamment d'éléments pour l'inculper. Elle termina son laïus par le rendez-vous pris avec Virginie DANIER, l'épouse de la dernière victime.

- Très bien. Bonne initiative ce rendez-vous, je vous emmène avec ma caisse, ok ?

Faudel n'avait pas pipé un mot mais était déjà agacé par ce Paul au physique avantageux, à son allure décontracté et sûr de lui, et surtout à ce « ok ? » qu'il collait à la fin de chacune de ses phrases.

Les trois policiers montèrent dans une belle Audi TT de couleur rouge qui collait merveilleusement bien avec son propriétaire.

- Ca va, ça gagne bien un inspecteur de la BC de Paris.

Faudel ne put s'empêcher cette petite remarque d'un ton sarcastique en voyant le bolide ce qui surprit Paula qui n'avait pas l'habitude des petits sauts d'humeur de son collègue. Quant à Paul, il lui jeta un coup d'oeil en coin sans daigner lui répondre.

Le flic de la DRPJ mit nonchalamment son gyophare sur le toit de sa voiture, et c'est toutes sirènes hurlantes qu'ils se dirigèrent sur Rosny sous Bois.

En sonnant au portillon d'un petit pavillon mitoyen de la rue Saint Pierre, Paul demanda fermement à ses deux collègues de le laisser gérer l'entretien avec la veuve. Il jeta négligemment son chewing-gum par terre ce qui eu le don d'agacer encore plus Faudel. Une femme d'une quarantaine d'année, à la tenue négligée et au visage blafard vint leur ouvrir.

Elle les salua courtoisement mais aucune expression ne semblait animer son regard pas même de la tristesse.

- Toutes mes condoléances Madame DACOTA
- Merci.
- Pouvez-vous nous parler de l'entourage de votre mari ?
- Aurélien était conducteur de travaux. En ce moment, il était sur un chantier à Bondy près de là où on a retrouvé son corps. Autrement, il pratiquait du foot dans une équipe vétéran de Rosny sous bois. Il n'avait pas d'ennemi, c'était un bon mari.

Les mots de la veuve sonnait étrangement car sa voix ne trahissait aucune tristesse ou amertume. Elle semblait réciter un texte appris par cœur. Faudel observait le mobilier de ce petit pavillon de banlieue composé de meubles sobres et de couleur blanche. A part une mauvaise imitation d'une peinture de Dahli plutôt dérangeante et deux photos d'un couple souriant avec une petite fille au milieu, aucune couleur n'égayait cette salle à manger à la peinture blanc cassé. Sur une commode recouverte d'une fine couche de poussière trônait une boite de médicament dont le nom évoqua à Faudel un anxiolytique. Il comprit mieux l'attitude détachée de la maîtresse de maison.

Alors que Paul allait clôturer cet entretien qui ne leur apprenait rien, Faudel l'interrompit.

- Comment s'appelle votre fille Madame DA COTA ?

Un peu surprise par l'intervention du jeune lieutenant, Virginie se tourna vers lui et l'informa qu'elle se nomme Sandra.

- Cela doit être difficile pour votre fille ce drame. Elle n'est pas avec vous ?

- Si bien sûr mais elle a dû se réfugier dans sa chambre.

- Je comprends, quel âge à Sandra ?

- 8 ans mais pourquoi cette question ?

- Aucun, mais il est important pour nous de bien connaître la famille de la victime. Parfois cela aide à faire des liens.

- Je vois où vous voulez en venir. J'ai lu les journaux. Les deux autres victimes étaient pédophiles et vous pensez que mon mari faisait subir des sévices à ma fille ! Mais il n'en est rien et surtout n'allez pas croire la directrice de son école ! Ce n'est que pure calomnie !

Le ton de la mère était monté ce qui ne devait pas être fréquent car une petite fille, aussi maigre que sa mère, surgit de l'escalier qui devait mener à sa chambre. Elle semblait affolée et éclata en sanglots dans les bras maternels. Tout en serrant sa fillette, elle fusilla Faudel et, d'un ton ferme que l'on n'aurait jamais pu soupçonner chez elle, reconduit les policiers vers la sortie.

Une fois dans la rue, Paul sermonna sévèrement Faudel en lui rappelant que c'était lui qui dirigeait l'enquête et les interrogatoires.

- N'empêche que l'on a le lien d'établi avec les autres victimes. Une IP a sans doute été déposé par la directrice de l'école de sa fille. Reste à savoir si Miguel a également réceptionné l'appel.

Paul répliqua sèchement qu'il n'avait qu'à se débrouiller pour avoir l'information.

- Pendant ce temps, Paula et moi allons interroger ses collègues de travail. On se retrouve demain matin à la DRPJ. 8 heures, ne sois pas en retard !

- A la DRPJ, mais c'est loin d'ici ! On ne va pas perdre notre temps dans les transports.

Paula, qui était restée étrangement silencieuse jusqu'à maintenant, proposa effectivement de se retrouver à leur commissariat. De mauvaise grâce, notre inspecteur de la crim' accepta pour faire plaisir à Paula.

Le lendemain matin, lorsque Faudel ouvrit la porte du commissariat avec une vingtaine de minutes de retard mais avec un visage plus frais que la veille, il fut surpris par l'effervescence qui règnait. Tandis qu'il allait se diriger vers la machine à café, Paula faillit le percuter en sortant de son bureau, et sans s'excuser pris son collègue par le bras et l'emmena manu militari dans son antre. Il y trouva Paul installé sur son siège au téléphone, un pied posé négligemment sur le bureau. Il semblait tellement absorbé par sa conversation qu'il ne prit pas la peine de saluer Faudel.

- Mon père a disparu ! Il n'est pas chez lui ! Son téléphone ne répond pas. On a essayé de le tracer mais il n'y a aucun signal.

- Ton père ? Il ne se serait pas mis au vert ? Ce ne serait pas étonnant après la journée d'hier.

- Au vert ? Mais où ? Il n'a pas de maison de campagne ni de lieu privilégié. Mon père est casanié, il n'a jamais aimé partir en vacances bien loin. Et puis cela n'explique pas son téléphone qui émet aucun signal.

- Je suis au téléphone pour obtenir un droit de perquisitionner chez le commissaire GOMMIER. J'essaie d'être efficace mais c'est compliqué dans ce vacarme !

- Droit de perquisitionner chez le commissaire. C'est MON PERE le commissaire abruti ! Viens Faudel, on passe chez moi récupérer ses clés et on fonce chez lui.

Paul resta la bouche ouverte devant cette info primordiale qu'il n'avait même pas pris le temps d'écouter et face à la réaction brutale de cette petite fliquette. Il n'eut pas le temps de réagir pour la remettre à sa place qu'il se retrouva seul dans le bureau avec une personne au bout du fil qui commencait sérieusement à s'impatienter.

    La petite twingo slalommait nerveusement sur la Nationale3. Faudel, fidèle à ses habitudes, observait rêveusement la succession des bâtiments industriels désaffectés ou vieillissants entrecoupés de magasin low cost aux enseignes colorées. Le décor était complété par les emballages divers et variés des grandes chaînes de fast-food américaines dans lesquels pataugeaient des passants aux visages trop souvent fatigués ou stressés. Même si la connaissance de la France se limitait à la petite couronne de la capitale, il se dit que finalement la vie devait être plus belle en province. Mais les paroles de son père lui revint en mémoire et son regard se voilat : « Les gens de la province ont peur des *colorés* car ils ne nous connaissent pas. Et de la peur à la haine, il n'y a qu'un pas ! ».

- Reste dans la voiture, j'arrive tout de suite le temps de récupérer le double des clés de mon père.

Les paroles de Paula eut le mérite de le sortir de ses mornes pensées. Il regarda la silhouette athlétique de sa collègue et dû faire un effort conséquent pour ne pas se laisser entraîner par son imagination romantique et revenir à la triste réalité de la disparition du père de Paula.

Seul dans la voiture, son téléphone vibra dans la poche de son blouson. Ne reconnaissant pas le numéro, il décrocha malgré tout se préparant à entendre une voix charmante lui vantant une offre alléchante pour un forfait mobile ou l'achat de panneaux solaires ce qui le faisait sourir, lui qui habitait un petit appartement de région parisienne. Mais, c'est un visage perplexe au téléphone que pu voir un passant à travers la vitre passager de la petite twingo. La communication dura une petite dizaine de minutes et lorsque Paula revint dans la voiture, Faudel l'écouta d'une oreille distraite lui raconter sa rencontre houleuse avec un voisin très collant. La mélancolie avait quitté son regard et les plis soucieux de son front trahissaient une intense réflexion.

Après un trajet au trafic de plus en plus dense pour arriver dans des rues nettement moins populaires que celle de Bobigny, Paula se gara devant un immeuble plutôt chic de quatre étages de la rue Meynadier dans le 19ème arrondissement de Paris. Ils s'engagèrent dans un hall bien entretenu. Un bel et large escalier aux marches en marbres les menèrent au deuxième étage. Faudel se fit la remarque que le commissaire devait bien gagné sa vie pour pouvoir habiter dans cet appartement situé près des buttes chaumont.

En rentrant dans le trois pièces du commissaire, Faudel ne fut pas choqué par le laisser-aller qui règnait mais par les quelques photos qui tronaîent sur un meuble bas où l'on pouvait voir un commissaire avec quinze ans et dix kilos de moins entourant une petite femme mince au sourire timide et une petite fille au regard déjà rebelle. Il fût également surpris par une rangée de livres allant de Gide à Dan Brown en passant par Sartre.

Décidement, ce commissaire le surprendrait toujours.

- Ne te fais pas d'illusion, c'est ma mère qui lisait, il n'a juste pas pris la peine de les retirer à la mort de sa femme. Concentre-toi sur des petits indices comme un papier avec une adresse ou une carte routière ouverte ; mon père a horreur des GPS.

Après plus d'une demi-heure de recherche infructueuse, Ils décidèrent de quitter les lieux. En se tapant sur la table basse du salon, une boîte à pizza tomba ainsi qu'un verre à moitié plein de wisky. Une feuille de papier recouverte de noms reliés par des flèches était cachés sous les restes de plusieurs repas révélant un régime écoeurant de toute la malbouffe que l'on peut trouver à chaque coin de rue de cette banlieue.

- Ton père tentait d'y voir plus clair visiblement dans cette enquête. Il n'était pas si désabusé que cela finalement.

- Oui, c'est vrai que ces meurtres en série ont eu le mérite de le motiver dans son travail. Retournons au commissariat, à trois et avec l'avancé des réflexions de mon père, peut-être arriverons nous à éclaircir sa disparition.

Se retrouver de nouveau avec Paul et son air supérieur et même parfois condescendant n'enchantaît pas le jeune inspecteur mais il dut bien se résoudre à cette décision qui tombait sous le sens. De plus, il était embarrassé par la révélation téléphonique qu'il avait eu un peu plus tôt, ne sachant avec qui la partager. Il ne se voyait pas aborder le sujet avec Paula ni avec Paul qui, avec son assurance arrogante, ne ferait qu'empirer les choses. Même s'il savait que c'était sans doute la pire des solutions, il se résolut à mener sa petite enquête seul.

- Pendant votre petit tour chez le commissaire, j'ai avancé. Il se trouve que la nouvelle victime a également été l'objet d'une IP qui a été traitée par votre Miguel. Il est donc évident que c'est notre suspect numéro 1. J'ai appelé mes supérieurs et nous avons déjà l'autorisation de perquisitionner chez lui.

- Mais nous l'avons déjà interrogé, lui et son ami. Je t'ai déjà expliqué les péripéties avec le gang des défenseurs des jeunes filles maltraîtées. On a déjà interrogé toute sa famille mais on n'a trouvé aucune preuve pouvant l'inculper.

- C'est pour cette raison que vous êtes dans un petit commissariat de banlieue et moi à la DRPJ, j'arrive à voir les failles du suspect lors des interrogatoires et à les confronter aux faits. Suivez moi et faites moi un peu confiance.

Les trois policiers se retrouvèrent dans un petit studio dont les murs étaient en partie masqués par des étagères pleines de livres. Tout était impeccablement rangé et propre. Visiblement l'hygiène et l'ordre étaient importants pour Miguel, certains le trouverait sans doute maniaque. Le petit coin cuisine aux murs blancs et à la grande fenêtre donnant sur le parc de la Bergère donnait un peu de lumière à la pièce de vie sombre avec une fenêtre donnant sur une petite rue ombragée. Faudel fut presque gêné de ne pas retirer ses chaussures sur le parquet vitrifié reluisant. Il n'y avait pas de télévision, le seul écran étant un ordinateur portable rangé soigneusement dans un coin de la pièce. Par contre, une petite chaîne-hifi trônait au milieu d'une des étagères coincée entre des dizaines de livres traitant pour la plupart de sociologie et de psychologie de l'enfant. Tandis que Faudel observait attentivement ces livres cherchant d'éventuels papiers coincés entre les bouquins, Paula entra dans une petite salle de bain qui, vu sa taille, peinait à contenir une douche et un petit évier. Elle se fit la remarque qu'il n'avait pas de machine à laver le linge. Elle découvrit dans l'armoire située sous le lavabo, hormis un petit nécessaire de toilette et des serviettes, des médicaments dont les noms évoquaient de célèbres anxiolytiques. Une vague de compassion envahit la jeune femme qui comprit que le lourd passé de Miguel avait laissé des traces indélébiles dans sa psyché. Elle fit le parallèle avec son cas personnel. Elle ne se souvenait que de manière très parcellaire de son passé ce qui la troublait beaucoup en ce moment, tandis que Miguel avait un souvenir aigu des souffrances endurées durant son enfance.

Qu'est ce qui était le pire ? Cela pouvait-il faire de Miguel un criminel ?

Paul, qui s'était emparé rapidement de l'ordinateur, lança un petit cri de victoire.

- Ca y est, on va le coincé le fils de pute !
- Qu'as tu trouvé ?
- Il a les dossiers de toutes les filles dont il a recueillit les IP et notamment les orphelines suite aux trois crimes. Il est donc en possession des adresses de toutes les fillettes ainsi que de leurs lieux de scolarité ou des métiers des parents. Cela lui était facile de s'approcher discrètement de ses victimes, d'étudier leurs habitudes pour ensuite les surprendre.

Les deux inspecteurs ne purent que se ranger à l'avis de leur collègue. Paula expliqua également sa découverte ce qui renforça leur opinion.

- Nous avons affaire à un psychopathe. Il faudra jouer serré pour le faire avouer. Ces criminels sont très souvent des manipulateurs capables de se construire une identité lisse qui les rend insoupçonnable. Parfois même, ils jouent tellement bien leur rôle qu'ils finissent par se berner eux-même.

A ces mots, le visage de Faudel, d'habitude si imperturbable, se durcit et son regard se couvrit d'un voile de tristesse résignée.

La salle d'interrogatoire de la Brigade des Criminelles de Paris était nettement plus intimidante que celle de Bobigny. Une vitre sans tain recouvrait le mur du fond comme dans les films, les murs étaient blancs et des impacts de chaises ou de tables sur les murs présageaient un interrogatoire musclé. En tout cas, ce fut les pensées du jeune Miguel lorsqu'il pénétra dans la petite salle accompagné d'un flic au regard dur et froid qui s'était présenté à son travail une heure plus tôt comme étant l'inspecteur Paul COURTIER.

- Comme tu le sais nous avons eu l'autorisation de perquisitionner chez toi. Et nous avons trouvé les preuves de ta culpabiblité.

- Mon avocat m'a demandé de ne répondre à aucune de vos questions sans sa présence.

- Ah oui, c'est vrai ? Il va arriver ton petit avocat boutonneux. T'inquiète, il est prévenu. Je vais me prendre un petit café pendant ce temps. Si t'as soif ou faim, surtout ne te fais pas d'illusion, tu n'auras rien de notre part.

Quinze minutes plus tard, Paul ouvrit la porte accompagné du jeune avocat qui serrait fort sa sacoche en cuir contre sa poitrine pour tenter de calmer ses petits tics qui survenaient lorsqu'il était anxieux. Et dieu sait s'il l'était car c'était la première fois qu'il défendait un client accusé de meurtres et qu'il pénétrait dans le célèbre commissariat de Paris appelé anciennement « 36 quai des orfèvres ».

- Reprenons maintenant que ton avocat est là. Donc, nous avons toutes les preuves de ta culpabiblité alors pas la peine de perdre notre temps. Tu avoues et on essaie de te trouver des circonstances atténuantes. Après tout, tu as sauvé des jeunes filles des griffes de leur père.

- Mais, je....je n'ai commis aucun meurtre...

- Si je puis me permettre, de quelle preuve parlez vous ?

- Nous avons perquisitionné chez votre client et il se trouve que dans son ordinateur personnel, il y a un fichier avec tous les dossiers des filles dont les pères ont été assassinés.

Le jeune avocat regarda son client d'un air perplexe et inquisiteur.

- Euh oui, effectivement car il m'arrive de travailler chez moi. Je ne supporte pas l'idée que ces jeunes victimes puissent continuer à subir les violences de leur père durant toute la durée de la procédure qui s'avère souvent longue. Du coup, je continue à travailler le week-end de chez moi pour accélérer les démarches d'éloignements familliales quand cela est nécessaire. Et puis, j'ai un alibi pour le dernier meurtre. J'étais en train de regarder un film avec mon ami. Vous l'avez interrogé ?

- Oui, mes collègues l'ont fait mais il ne vaut rien cet alibi car tu étais seul avec ton pote. Il te défend, c'est normal.

- Je souhaiterai parler seul à seul avec mon client.

- Mais oui, bien sûr, j'ai justement un peu de paperasse à faire. Je reviens dans un quart d'heure.

Paul alla directement rejoindre Paula et Faudel dans la petite pièce située derrière la vitre sans tain. Ils écoutèrent silencieusement l'avocat demandé à son client de reconnaître les meurtres en les justifiant par le fait que c'était pour protéger les filles et donc que c'était une forme de légitime défense. Miguel ne semblait pas comprendre la proposition raisonnable de son défenseur et continuait à nier en bloc toutes les accusations de meurtres. Après une âpre discussion, l'avocat dû se résoudre à l'évidence : son client allait s'enfermer dans le mensonge et subir un procès qu'il savait perdu d'avance. Il sortit de la pièce laissant Miguel avachi sur sa chaise complètement déprimé par la proposition de celui qui était censé le défendre.
Pitoyablement, le jeune homme de justice croisa Paul et lui expliqua qu'il plaiderait « non coupable ». Il baissa les yeux lorsque l'inspecteur lui tapa sur l'épaule en lui disant,

un petit sourire au lèvre, que l'on ne pouvait pas toujours gagné un procès.

Paula et Faudel sortirent du commissariat ensemble et elle ramena son collègue sur Bobigny dans sa petite voiture. L'ambiance était plus calme que d'habitude. Paula semblait soulagée de la tournure des événements pensant que le coupable était démasqué mais toujours inquiète pour la disparition de son père. Faudel, quant à lui, tenta faiblement de rassurer sa collègue mais il semblait préoccupé par autre chose. C'est donc assez froidement, qu'ils se quittèrent devant leur commissariat en se donnant rendez-vous au lendemain matin.

Faudel sembla hésiter quant à la direction à prendre. Il avait prévu de rentrer rapidement chez lui pour ensuite aller s'entraîner dans son club de boxe mais finalement, il s'engagea sur la piste cyclable longeant le canal de l'Ourcq et appuya sur les pédales pour arriver tout essouflé à Pantin où, après avoir zigzagué à travers quelques petites ruelles, s'arrêta devant un immeuble. Il leva la tête et vit à une fenêtre éclairée du deuxième étage une silhouette élancée. Il se répéta les paroles inquiètes de la psychologue pour se convaincre du bien fondé de ce qu'il s'apprêtait à faire.

   Il faisait déjà sombre à 17h30 en décembre. Le ciel était nuageux ce qui renforça l'obscurité. Il n'eut donc aucun mal à se dissimuler lorsque la jeune femme, qui s'était changé pour courir quelques minutes plus tôt devant sa fenêtre, s'élança d'une foulée experte, un casque sur les oreilles. Le jeune inspecteur patienta quelques minutes puis pénétra dans l'immeuble derrière un jeune homme qui avait tapé le code d'entrée de l'immeuble pour s'engouffrer dedans tout en parlant fièrement au téléphone de sa dernière conquête. Tout en montant les escaliers menant au deuxième étage, Faudel sortit un passe partout qu'il avait récupéré lorsque, à l'âge de dix-sept ans il avait penché vers le côté voyou plutôt que flic. En le manipulant d'une main experte pour ouvrir la porte d'entrée de sa collègue, il repensa à sa jeunesse où il avait été influencé par les mauvaises fréquentations de son grand frère qui lui avaient expliqué que l'on pouvait facilement se faire du blé tout en séchant les cours. C'est ainsi, qu'il avait commis quelques petits cambriolages sans jamais se faire prendre. Pourtant, il s'en était fallu de peu lorsque les flics avaient débouché au coin de la rue où il allait s'enfuir d'un petit pavillon du Bourget. Son frère et son ami s'étaient retrouvés nez à nez avec les policiers et lui avait tout juste eu le temps de se cacher dans le renfoncement d'une porte puis de se cacher dans un petit placard grâce à son petit gabarit. C'était la boule au ventre, qu'il avait entendu les forces de l'ordre embarquer Romain et Fouad. Il avait ensuite honteusement vu son père gifler son frère tellement fort que ce dernier en avait gardé la marque pendant plusieurs jours. Il avait piteusement remercié son frère de ne pas l'avoir dénoncé. C'est depuis ce jour, qu'il avait décidé de passer de malfrat à policier.

    Faudel pénétra dans le petit appartement de sa collègue après avoir retiré respectueusement ses chaussures. Il prit ses

précautions en portant des gants et se mit à inspecter la petite salle à manger/cuisine. Contrairement à son père, la petite étagère où tronait une petite télé et quelques romans de série noire était propre et bien rangée. Rien ne traînait non plus sur la petite table basse à l'exception d'un magazine de course à pied dont le titre « Comment bien préparer son premier marathon en dix semaines » confirma les dires de Paula. Il pénétra ensuite dans une petite salle de bain où tronait une boîte de médicament contre les insomnies. Rien n'y retînt son attention mais c'est en ouvrant le tiroir de la table de chevet de la chambre que Faudel découvrit un petit carnet où était griffoné les rêves étranges et effrayants de sa collègue. La détresse qu'il pu lire dans ces récits lui fit comprendre à quel point elle souffrait. Un marque page avec une adresse retint finalement son attention. L'écriture ne ressemblait pas vraiment à celle de Paula. Elle était beaucoup plus petite et rageuse. Il réussit à déchiffrer un mot répété des dizaines de fois au dos de ce marque page :
« vengeance ». Après un moment d'hébétude,

le jeune inspecteur sortit son smartphone et prit en photo l'adresse. Reprenant ses esprits, il s'assura de ne rien avoir modifié dans l'appartement et ressortit de l'immeuble après avoir refermé soigneusement la porte d'entrée. Alors qu'il allait redescendre par l'escalier, il entendit des pas rapides monter ce même escalier. Il remonta précépitamment à l'étage supérieur à celui de Paula. Il eut tout juste le temps d'apercevoir sa collègue, le visage fermé et le regard mauvais, tourner la clé de sa porte dans la serrure. Elle fut surprise de constater que la porte n'était pas fermée à clé. Elle regarda nerveusement autour d'elle et par terre. Ne constatant aucune marque d'effraction, elle disparut dans son appartement. Sans bruit, Faudel redescendit l'escalier et sortit dans la rue.

    Une rapide recherche sur google map, lui apprit que l'adresse griffonnée correspondait à un quartier industriel d'Aubervilliers. Alors qu'il s'apprêtait à monter sur son vélo pour reprendre le canal en direction d'Aubervilliers, Paula sortit de chez elle précipatemment et s'engouffra dans sa petite twingo. Elle démarra en faisant rugir son moteur et s'engagea nerveusement dans la circulation pourtant dense à cette heure où les gens tentaient de rentrer rapidement chez eux après une longue journée de travail.

Mercredi 21 décembre 18h30

Paula, le visage impassible et une lueur mauvaise dans son regard, pénétra dans le bâtiment industriel d'un pas assuré. Elle traversa rapidement le grand hangar qui servait autrefois à recevoir les dizaines de camions venus pour charger les bouteilles d'alcool à 90° produites à Aubervilliers. Aujourd'hui, après la désindustrialisation d'une partie de la banlieue nord de Paris, il ne restait plus rien de l'activité grouillante d'autrefois à part des rats affamés devant se contenter d'araignées et de rares petits rongeurs.

Le bruit de ses pas dans cette grande pièce au plafond culminant à une dizaine de mètres ajoutait un côté sinistre à l'ambiance déjà lugubre de cette froide et humide soirée d'hiver. Seule le rond de lumière de sa frontale éclairait le sol poussièreux et jonché de bouteilles d'alcool vides et de papiers gras témoignant que le lieu avait été squatté.

Finalement, elle atteignit l'accès à une deuxième pièce à peine plus petite et contenant une dizaine de cuves et des grands barils métalliques rouillés.

Un œil attentif aurait été surpris de constater qu'un de ces barils présentait un dispositif étonnant : un trou d'environ 2 centimètres de diamètre y avait été percé sur sa partie supérieure et un tuyau d'eau semblait prêt à être relié à cet orifice.

Mais sans être très réceptif, n'importe qui aurait été marqué par l'odeur nauséabonde qui régnait.

Négligemment, Paula remonta son écharpe sur son nez afin de ne pas être trop incommodée par l'odeur et s'assit à côté de l'étonnant baril et presque affectueusement approcha sa tête de l'orifice.

- Alors papa, comment tu vas ?

- ...

- Eh papa, tu dors ou quoi ? C'est moi Paula !

Un grognement étouffé répondit à la jeune inspectrice. Puis, le commissaire reprenant doucement ses esprits rassemblat ses forces et se mit enfin à espérer une libération prochaine.

- Paula, c'est bien toi ?
- Oui, papa.
- Libère moi vite, je n'en peux plus. Un psychopathe m'a enfermé il y a plusieurs jours.
- N'exagère pas, cela fait moins de deux jours que tu croupis là.
- D'accord, d'accord mais libère moi vite !
- Qui t'a mis dans ce baril ?
- Je n'en sais rien mais c'est le meurtrier des pères violeurs, il m'a parlé de Soumeya et Emilie et une autre fille dont j'ai oublié le nom.
- Sandra.
- Quoi ?
- Elle s'appelle Sandra la petite dernière.
- Euh peut-être comment tu le sais ?
- On enquête sur la mort de son père.
- Je suis vraiment à l'étroit, je meurs de faim et de soif, libère moi et on discutera de tout ça plus tard.

- Et pourquoi le meurtrier s'en est pris à toi ?

- Hein, …. mais j'en sais rien, tu ne comprends pas que je suis au bout du rouleau là !

- Si justement, cela devrait t'aider à te rappeler ce que tu m'as fait subir pourriture !

A ces mots, Patrick comprit la réalité de la situation. Il fit un effort pour comprendre comment sa fille en était arrivée à devenir ce meurtrier en série. Il se souvint alors de la phrase de sa fille lors de sa dernière visite : *Je suis comme Emilie, Souméya et Sandra que j'ai libéré*. Cela le ramena alors une quinzaine d'années en arrière. D'abord sous forme de flash, il se vit prendre sa fille de manière affectueuse dans ses bras, puis lui prendre la main et la guider vers ses parties intimes. Son subconscient rejeta ses images abjectes et il dû lutter contre lui-même pour accepter la vérité : il avait effectivement été une vraie pourriture pour sa fille. Les larmes coulaient sur son visage, se faufilant le long de ses rides jusqu'à la commissure de ses lèvres craquelées par la soif. Toutes les douleurs physiques l'avaient quitté. Seule la détresse psychologique le submergeait, un mélange de honte et de remord. Il ne méritait pas de vivre et il comprenait bien le projet de sa fille.

- Tu as raison Paula, je ne mérite pas de vivre...J'ai tellement honte de moi...Je je suis tellement désolé pour ce que je t'ai fait subir. Je sais bien que tu ne me pardonneras jamais, je ne le mérite pas.

Le visage de Paula se décomposa. La voix de son père pleine de remords sincères et d'affection la ramena également à son enfance. Son anniversaire de ses 6 ans où son père s'était déguisé en magicien clown. Quel fierté elle avait éprouvé ce jour là devant ses copines ! Mais rapidement, ces souvenirs heureux se mélangèrent aux violences psychologiques et sexuelles que son père lui avaient infligées quelques années plus tard. Elle n'oublierait jamais l'angoisse qui l'avait tenaillée lorsqu'il lui avait annoncé qu'à partir de maintenant, une caméra et micro miniatures seraient cachés partout où elle serait, dans ses vêtements, dans sa montre, sa chambre, PARTOUT ! Si elle venait à le dénoncer, il le saurait. Naïvement, elle l'avait cru ; elle comprenait aujourd'hui l'emprise qu'il avait eu sur elle. A cette époque, tout le monde avait de l'estime pour ce jeune commissaire de la criminelle de Seine Saint Denis qui avait déjà résolu plusieurs « grosses affaires ».

L'impassibilité de son visage était revenu et elle ouvrit le robinet sur lequel était branché le tuyau qui allait alimenter la prison de Patrick.

Patrick émit un cri de surprise et de douleurs lorsque le jet d'eau glacial gicla sur sa tête. Puis, il ferma les yeux et résigné s'apprêtait à mourir comme il le méritait.

- Tu as raison, je ne te pardonnerai jamais....

- Haut les mains !

Surprise, Paula se retourna et aperçut Arthur et Paul arme aux poing. Lentement, elle leva les bras en les regardant droit dans les yeux.

- Alors c'est bien toi la meurtrière psychopathe, Arthur a eu du mal à me convaincre mais il avait bien raison finalement.

Paula, voulant gagner du temps afin que son père soit enfin mort, entama la discussion :

- Bravo Arthur, tu es meilleur que ce que je pensais...Comment as-tu deviné ?

- Au commissariat, nous avons résolu l'image pixélisée que tu avais laissé sur les victimes : la tête de ton père ! Ensuite, tu as bêtement communiqué sur twitter avec les rigolos qui voulaient t'aider. Tu as écris « laissez LA ». Cela m'a mis la puce à l'oreille sur le fait que c'était une femme. Les informaticiens ont finalement réussi à récupérer ton adresse IP puis ton identité. Ensuite, Paul a eu l'idée de retourner sur la scène du premier crime où nous avons vu ta voiture. Et nous voilà ! Tout est fini maintenant pour toi.

Le bruit des applaudissements de Paula résonnèrent de manière lugubres dans cette pièce où le son rebondissait sur toutes les parois metalliques des nombreux fûts. Paul en avait profité pour observer les lieux et son regard accrocha le tuyau reliant un robinet et un fût. Rapidement, il comprit la situation car il avait entendu Paula parler mais n'avait pas vu le commissaire.

- Tu vas éteindre ce robinet tout de suite !

Paula porta son regard sur Paul et lui répondit calmement par la négative.

- Tout de suite, ou je tire !

Paula leva à nouveau ses bras pour lui signifier qu'il pouvait tirer.

- Paula, c'est moi.

Faudel était entré discrètement pour se rapprocher le plus près possible de sa collègue et amie. Il n'était pas armé et leva ses bras en signe d'apaisement.

- Qu'est ce que tu fous là, t'as travaillé avec Arthur, espèce de traître !

- Non Paula, ta psychologue m'a appelé, elle était très inquiète car les séances d'hypnoses que tu as suivi ont révélé les atrocités que ton père t'a fait subir. Elle ne savait pas comment te l'annoncer car tu les avais visiblement oublié, sans doute suite à l'accident de voiture que toi et tes parents ont subi. Ton père mérite de payer évidemment mais pas comme ça Paula. Il faut que tu reprennes tes esprits. Il y a des gens pour qui tu comptes, ne gâche pas tout. Tu n'es pas toi même, tu as développé un trouble de la personnalité qui implique que tu n'es pas responsable de tes actes. Je te connais bien Paula, tu es incapable de commettre ces crimes. Je serai là pour t'aider.

Tant le ton affectueux que les révélations de Faudel créérent un trouble chez la jeune femme. Son visage trahissait des pulsions contradictoires. Paul profita de ces instants de faiblesse pour attraper fermement Paula et la menotter. Puis, très rapidement, il ferma le robinet. Pendant ce temps, Arthur s'employa à ouvrir le fût pour y trouver le commissaire inconscient et recroquevillé sur lui-même dans une eau glaciale noirâtre.

Patrick sentit une onde de chaleur le recouvrir. A peine conscient, il ouvrit un œil pour apercevoir un visage à la machoire proéminente lui parler, en fond il vit sa fille au sol menottée. Bien que sa vue était floue, il vit nettement les larmes coulées le long du visage de sa fille qui le regardait la détresse dans les yeux. Epuisé, il sombra dans un sommeil profond.

Vendredi 23 décembre

L'homme au visage épuisé, paya machinalement le Parisien, sortit de la librairie, et, le journal sous le bras, fila en vélo en direction du parc de la Bergère. Une fois rejoint cet endroit calme par cette belle journée d'hiver, il continua à pied et choisit un banc ensoleillé pour s'installer devant le canal de l'Ourcq et lire son quotidien.

En gros caractère gras, il pu lire : « Le tueur en série démasqué n'a pas survécu à ses blessures »

Intrigué par ce titre, le lecteur se mit à lire le détail de l'article. Il y apprit que ce mercredi 21 décembre, alors qu'il s'apprêtait à tuer le commissaire Gommier, le meurtrier en série avait été interpellé par la célèbre brigade criminelle de Paris. Ayant tenté de résister, les policiers ont été obligé de riposter et c'est ainsi que cet iranien de 33 ans, entré illégalement en France en août dernier a succombé à ses blessures. Il n'y aura donc pas de jugement pour les meurtres des trois hommes qu'il avait sauvagement assassiné depuis septembre dernier.

    Ecoeuré par la lecture de ce fait divers, le cycliste repris la route le long du canal en direction de Sevran. Aveuglé par le soleil levant, il apprécia néanmoins la sensation de chaleur provoqué par ses rayons. Il se laissa imprégner par la sensation que provoquait un petit vent d'est et se dit qu'il était chanceux de profiter de ces instants de liberté alors que son amie qu'il allait voir était enfermée dans une pièce blanche impersonnelle sans porte donc sans intimité.

    Arrivé devant l'hôpital René Muret, Faudel se dirigea vers le service de psychiatrie pour rendre visite à Paula. Il la trouva allongée sur son lit, le regard rendu vitreux par la puissante chimie des psychotropes. A la place du classique bouquet de fleurs, il déposa le journal devant elle après un tendre baiser sur son front. Elle le regarda avec une certaine reconnaissance mais toujours pas de sourire. Il savait que sa convalescence serait longue.

Elle prit le temps de lire le fameux article puis regarda son ancien collègue d'un regard interrogatif.

- Après ton arrestation, Il y a eu une réunion au sommet avec le commissaire de la Brigade Criminelle de Paris, Paul et le Préfet. Nous, on a été écarté comme des malpropres. Paul m'a expliqué qu'il avait été décidé, sous la pression du Préfet, de changer légèrement la vérité pour la presse afin que la population continue à avoir confiance en les forces de l'ordre, je te cite les propos du chef de la Police. Ainsi, le coupable est un libanais arrivé récemment en France et en situation irrégulière. Cet homme n'existe pas en tant que tel évidemment, mais vu son statut on peut facilement expliquer qu'il était isolé, sans famille ni ami et SDF. Ainsi, cela a permit de ne pas t'inculper mais évidemment, il va falloir que tu suives une thérapie afin de te soigner. Ta psychologue m'a expliqué que le trouble dissociatif de l'identité dont tu souffres va être long à soigner.

- Et comment va mon père ?

- Mieux, il n'aura pas de séquelle de ce qu'il a enduré.

- J'ai tellement honte pour ce que j'ai fait. Et le pire c'est que je ne m'en souviens même pas. Je ne comprend même pas comment cela est possible...

Lorsque tu as débuté tes séances de suivi psychologique, ta psy t'a aidée à te rappeler tes vrais souvenirs avant l'accident. Tu t'étais construit, grâce à ton père, à différentes photos et au fruit de ton imagination, une enfance et adolescence certe difficiles du fait d'un père souvent absent et très autoritaire, mais acceptable. Tous les sévices que tu avais subit sont restés enfouis au fond de ton inconscient. C'est incroyable la force du subconscient pour tenter de survivre face à l'inacceptable. La thérapie a petit à petit brisé les défenses de ton surmoi ce qui a marqué le début de ta névrose. Visiblement, l'état de fatigue dans lequel tu te mettais en courant achevait de faire remonter à la surface tous tes souvenirs inacceptables et c'est pourquoi après tes séances tu n'étais plus toi même.

- Et moi qui pensait que cela m'aidait justement à mieux supporter mes frustrations.

Les yeux de la jeune femme se mirent à papillonner, le signal qui indiquait à Faudel que la visite était terminée. Il dit doucement aurevoir à Paula, remonta tendrement la couverture sur ce corps amaigri et qui semblait aujourd'hui si faible alors qu'il était animé d'un dynamisme incroyable il n'y a pas si longtemps. Il réalisa à quel point elle était brisée mais cela ne fit qu'amplifier sa détermination à l'aider à se reconstruire.